|宏景|

做一个淡淡的女子

不争不抢，不浮不躁

米夏 著

宁波出版社
NINGBO PUBLISHING HOUSE

图书在版编目（CIP）数据

做一个淡淡的女子 : 不争不抢，不浮不躁 / 米夏著. —
宁波 : 宁波出版社，2019.3
ISBN 978-7-5526-3375-7

Ⅰ. ①做… Ⅱ. ①米… Ⅲ. ①散文集—中国—当代
Ⅳ. ①I267

中国版本图书馆 CIP 数据核字（2018）第 256934 号

做一个淡淡的女子：不争不抢，不浮不躁

著　　者 米　夏
出版发行 宁波出版社
地址邮编 宁波市甬江大道 1 号宁波书城 8 号楼 6 楼　315040
网　　址 http://www.nbcbs.com
出版策划 孙小天　苏　辛　午　歌
责任编辑 陈姣姣　梁建建
特约编辑 张　溟
责任校对 邵晶晶　李　强
特约校对 青　禾
装帧设计 仙境设计
印　　刷 北京欣睿虹彩印刷有限公司
开　　本 787mm×1092mm　1/32
印　　张 8.5
插　　页 7
字　　数 170 千字
版　　次 2019 年 3 月第 1 版
印　　次 2019 年 3 月第 1 次印刷
标准书号 ISBN 978-7-5526-3375-7
定　　价 39.80 元

目录

Contents

你最该讨好的人，是自己

前段时间，“天才作家”蒋方舟突然在综艺节目上爆料自己是“讨好型人格”，令网友一片哗然。像蒋方舟这样年少成名，自带流量，闪闪发光的天之骄女，在人际关系中竟然也宁愿委曲求全去讨好别人，可见“讨好”这个词让多少人躺枪，又在瞬间戳中多少人的内心隐痛。

关于“讨好型人格”，心理学上是这样描述的：“一个人应该以别人的需求为中心，即便本心上做不到以别人为中心，也要假装能做到。”总而言之，就是要牺牲自己，成全别人，委屈自己，取悦别人。这样的人大多都助人为乐，总是尽心尽力地帮别人各种各样的忙，甚至接受自己能力之外的请求……即使自己很累很辛苦，但别人开心就好了啊。

“讨好型人格”的人自我认同感很差，他们的自信大部分来自

于“他信”——别人说我好，我才会觉得自己好。这就导致他们非常在意他人对自己的评价，对自己的行为总是小心翼翼，从而患得患失，最终被外界各种各样的要求塑造成一个“盗版”的人，离真实的自己越来越远。

我的同事妮可，就是一个喜欢讨好别人的软妹子。

刚与她认识，就能从她身上感受到一种超乎寻常的热情。她会帮我买饭、买咖啡、取快递，并时不时地送些小礼物给我。最让我受不了的是，她总是把“谢谢你”挂在嘴上。时间一长，让我觉得跟她交往很有压力，也为她这样刻意讨好自己而有点心疼。

午休时间，大部分同事都会留在办公室里吃外卖，每当这个时候，妮可总是贴心地在这些同事的办公桌上铺上报纸，然后再跑到前台把那些外卖一盒盒拎回来，分给每个人。大家吃完以后，她又起身，把每个人的餐盒全都收了。大热的天，她像个饭店服务员一样颠颠地忙前忙后，甚至刘海儿都被汗水濡湿粘在额头上了她也顾不上理一理。

有一次，我和妮可带着两位实习生去客户的公司协助做一些工作。两天之后，客户找了个机会问我：“她是你的助理吗？”

我说：“不是呀，我们是平级的！”

客户说：“我希望把她换掉。”

我惊讶不已：“您能说说理由吗？”

客户显然尽量将措辞说得委婉一些：“我觉得她太……殷勤了。

我们把你们请到这里参与项目，是希望每个人都能发挥自己的核心价值，而不是完全没有自己的创意，一味迎合他人，更不是端茶倒水。”

我一时语塞。其实妮可的工作能力不差，她心思细腻，执行力一流，但这一切都被她唯唯诺诺的外表给掩盖了，和她比起来，连实习生的气场都两米八，又怎么能怪人家小看她呢？

平时在公司开会也是，大家都觉得妮可的意见“听不听都一样”。从妮可的发言里基本上听不到明确的观点，因为她为了博取他人的好感和认同总是选择迎合众人的意见，很少能坦然表达自己的观点。“怼人”这种事，在妮可二十几年的人生中，更是从来都没发生过，让她主动与人发生冲突，那还不如让她去死。

妮可是大家口中的“老好人”，她从来都是有求必应。大家的观念就是“有事就找妮可”，那有好事呢，会想到她吗？未必，有坏事倒是常常会想到她，所以她常常是办公室里的“背锅侠”。不然怎么办呢？让他人吃亏，搞不好就是一场“大闹天宫”，甚至有可能把大家都拉下水，闹得一发不可收拾。只有“老好人”妮可，似乎吃点亏也无所谓。

人生的一些坑，有时候是我们自己挖的。
别人怎么对我们，皆因我们赋予了对方那样的权利。
别怪人人都捏你，是你自己身段太软。

心理学家哈丽雅特·布莱克写过一本书，叫《取悦症：不懂拒绝的老好人》，她在书中提到，很多现代人都有一种“瘾”——迷恋并渴求他人对自己的赞赏和认可，所以常常不由自主地去讨好他人。

有多少人像妮可一样，讨好别人的目的，本来是为了获得赞赏和认可，结果却恰恰相反，成了“没有能力、失去自我”的典型。

其实，在成年人的社交中，别人如何看待你，本质上取决于你对他人的价值。所以，把别人的赞赏和认可当成衡量自身优秀与否的标准，绝对是自寻烦恼。不信你看看，你身边有多少人，一边给你发着“好人卡”，一边理直气壮地指使你为他做这做那！

收那么多“好人卡”干吗，召唤神龙吗？醒醒吧，千万别把“利用你”当成“喜欢你”，更别把“讨好别人”当成社交中的个人价值，这种靠讨好换来的“价值”并非你自身真正的价值。

如果不提升自己的能力，而把时间和精力持续用在讨好别人上，时间久了，别人只会愈发看不起你、忽视你，因为你对别人越来越没有价值。

很久以前有一部韩剧叫《看了又看》，故事的主角是一对姐妹，金珠和银珠。

姐妹俩同时爱上兄弟俩（韩剧的常用套路），妹妹银珠嫁给哥哥，成了大嫂，姐姐金珠嫁给弟弟，当了弟妹。

姐姐金珠在出嫁之前，就事先声明：“结婚后我是不会干家务的，我要读书写作，而且也不出去工作，还会晚睡晚起，不能起来做早饭，因此不能与长辈同住。”最后，在长辈的强烈要求下，金珠才勉强答应和公婆在一起住一年。

相比姐姐金珠公主下嫁般的婚前声明，妹妹银珠却从一开始就拿出了讨好婆家的决心，还没过门就努力地为婚后生活做准备。婚前，她每天一下班就跑到料理店，一门心思学做婆家的家乡菜。婚后，当长辈们为她出色的厨艺惊叹不已时，她却貌似不经意地说只是找同事随便学来的。

银珠一过门就主动包揽了所有的家务，悉心照料一家老小。她担心别人说她还没怀孕就回家享清闲，因此连工作也不敢辞。就这样，她在工作和家庭之间忙得焦头烂额，常常累得忍不住偷偷掉眼泪。

与此同时，姐姐金珠因为有婚前声明这一把尚方宝剑，所以理直气壮地什么都不干，一门心思埋头写作。后来，姐姐成了美女作家，获得了文学大奖，而妹妹却成了为了讨好家人吃尽苦头的“无能”媳妇。看着一屋子来祝贺姐姐的人，妹妹想起自己也曾经有过的成为画家的梦想，顿时心酸难抑，忍不住潸然泪下，最后只好躲到房间里去借酒消愁。

你看，过分讨好别人，只会损耗自己的人生。

你有多讨好别人，就有多委屈自己。

“讨好型人格”的形成，多与原生家庭和个人经历有关。在成长过程中，由于各种原因，造成一个人从小就缺乏自我价值感，他们对赞赏和认可的需求很高，却不知道该怎么获得，而“讨好”是他们唯一知道和掌握的获取自我价值感的渠道。就像上面说的妹妹银珠，她从小就被送到乡下奶奶家抚养，七岁才回到父母身边，发现身边有一个公主般的姐姐，不仅长得美、有才华，而且深得母亲宠爱，于是她只好成为家里那个最懂事、最任劳任怨的孩子，因为她只有这样做才能得到父母的关注和夸奖。

可是，人生是一条单行道，如果把时间、精力及人生目标都浪费在博得别人的喜欢上，那么就真的浪费了这唯一一次的人生。

一个人如果能够适当地“自私”一点，多关注自己的需求，少在意别人的看法，把时间多用在自我实现、自我提升上，专注于自身的完善，日积月累，必有回报。如果你整天为全世界忙到飞起，把大把的时间和精力耗费到别人身上，谁来替你成长？谁来替你生活？

人们青睐的，从来都是自信满满的灵魂；那些没有底气的谦卑，就算钻到泥土里，别人也想再踩几脚。

把自己活成一束光，你的世界才会变得明亮。因此，我们唯一要做的，就是让自己活得通透，让自己的世界变得明亮，然后吸引我们喜欢的人和事自动来到我们身边，而不是竭尽全力地去取悦，因为那是一段关系中最大的败笔。

放弃“老好人”的人设吧！人生在世，首先得自己活得舒服，才能带给别人更多的帮助；首先得自己变得强大，才能优秀到不容被忽视。

人最重要的，不是做更好的自己，而是更好地做自己。你的能力会为你护航，你的场子你说了算。好好活出自己的风采，人生的舞台自然大放异彩，就像香水瓶里的香氛，想不散发香味都不行。

一代时尚女神香奈儿说过：“你可以穿不起香奈儿，你也可以没有多少衣服选择，但永远别忘了一件最重要的衣服，这件衣服叫‘自我’。”

爱谁都可以，先爱你自己。

人这一生，与你相处时间最长的人，是自己；最清楚你内心点滴感受的人，是自己；陪着你与生活咬牙死磕的人，是自己；在暗夜中与真实的你赤诚相对、倾心长谈的人，还是自己。

你有什么理由，不善待自己、不讨好自己呢？

多年前，媒体报道过天后王菲的一件事，当时的情形是这样的：从演唱会现场出来后，有记者不嫌事儿大地告诉她，粉丝不喜欢她当天的妆容，而王菲只是淡淡地回了一句“不喜欢就不喜欢，我喜欢。”

太帅了，这个女子！

你喜欢我，很好，你不喜欢我，也没关系，只要我喜欢自己就好了。

我不必为了讨好任何人而去刻意改变，我只要讨好自己、做好自己，足矣。

然后，我自光芒四射，繁花似锦。

不要因为你是女人

每天一起床，我先打开手机听音频。

有天早上，我在一个职业规划的音频课程里听到一个故事。一个女人哭得上气不接下气，跑去问导师：老公出轨了，我是该离婚，然后孤苦伶仃地一个人活下去，还是不离婚，忍辱偷生地跟老公在一起？

导师反问她：为什么不是你丈夫忍辱偷生地和你生活在一起，或者你快乐潇洒地一个人活下去呢？

因为，因为……因为我是个女人啊！

听到这儿，我一下笑出了声儿，牙膏沫呛进嗓子，惊天动地地咳嗽了半天——这嘲笑别人的现世报未免来得太快了点儿。

林忆莲有一首歌叫《伤痕》，其中有这样的歌词：让人失望的虽然是恋情本身，但是不要只是因为你是女人。

这句话乍一听，似乎有点语句不通，不知道什么意思。可细细琢磨下来，其实蛮有道理。

因为我是女人，在一段失败的情感关系中，受伤的那个肯定是我，离开了这个人，我就难以幸福——这是多少女人给自己植入到潜意识中的观念。

一碰到感情问题就变笨，似乎是所有女人摆脱不了的魔咒。

比如台湾名嘴陈文茜，被李敖称为“这辈子所看到的，最聪明的女人”，甚至说她“除要去女厕所以外，你跟我李敖一样”。对于自视甚高的李敖来说，这自然是一种盛赞，但是同时李敖也说：“陈文茜一碰到感情问题啊，就是最笨之一，哈哈！其实是所有女性的问题，**女性就会为这个‘情’字啊，忙到死，忙一辈子。**这是女人的问题，一涉及感情女人全都不通了。”

真的是！从十几岁的情窦初开，到二十几岁的谈婚论嫁，再到三十几岁的风吹草动，再到四十几岁的殷殷情怀，三两个闺密从挤在小床上窃窃私语，到晃着红酒杯唏嘘感叹，爱情啊，是女人一辈子聊不完的话题。女人在感情生活中的烦恼，总是远远多于男人。

有多少蕙质兰心的女人，平时做事杀伐决断雷厉风行，可一遇到感情问题，就叽叽歪歪起来，左也不行右也不是，直到把自己消耗到空空如也，折磨得心力交瘁才算罢休。

一个“情”字，似乎成了女人的软肋，犹如高手对决时的那个“命门儿”，想要击垮一个女人，戳戳那个“命门儿”就行了。李敖说得更狠，他将感情问题比喻成女人自毁的开关：一些优秀的女人，她们很像美国那种叫作U-2的间谍飞机，它有一种自毁装置，紧要关头它一按，飞机会爆炸，把自己毁掉。

这让我想起小时候看过的那些反特电影，有些女特务在执行任务之前，会事先在衣领的纽扣上涂上毒药，一旦被俘，伸舌头一舔那枚扣儿，就自绝于人民了。

那枚“扣儿”，就像很多女人对待爱情的态度，宁愿抱着与这段感情共存亡的心态去死磕，也不愿意洒脱一点，一别两宽，桥归桥，路归路，给自己一条生路。

清华大学的副教授、漂亮的女作家刘瑜曾经写过一篇文章，名字叫作《但是不要只是因为你是女人》，文中说道：“女人爱起来哪里是伤风感冒，上来就是肿瘤，良性的也得开刀，恶性的就死定了。更可气的是，她就是不爱的时候，也要把‘不爱’这件事整成一件轰轰烈烈的大事，天天捂着心口寻寻觅觅冷冷清清凄凄惨惨切切，那窝囊样，烦死我了都。”

女人对爱情的执念，往往都超乎了自己的想象。有人说这是生物学的原因，较之男人，女人生育和抚养孩子的成本更高，所以女人对待感情更加慎重，比男人更加全身心地投入。事实上，不管是不是这个原因，一代代的女人进化到今天，真的不要再拿生娃说事儿了。

所有的爱情，到最后无非就两种结局：要么还相爱，要么爱尽了。

对一场爱，既然有迎接的无畏，就要有送别的勇气，“你若勇敢爱了，就要勇敢分”，就像广东话说的“食得咸鱼抵得渴”。没法子，成年人的生活就是这样：选择，然后为自己的选择付出代价。

一个女人最大的幸运，不是从来都没有受过伤害，而是在伤害之中，还有能力保持一份觉知，没昏头，没抓狂，没跪求，理智面对，及时止损。

只要头脑还清醒，无论在什么境况下，都不会被伤得体无完肤。

我曾经读过民国时期一位名媛毛彦文的自传《往事》。曾任复旦大学教育系教授的才女毛彦文，年轻时被青梅竹马的恋人辜负，这给她带来了巨大的打击，从此她一蹶不振。三十七岁时她嫁了一位年长她三十岁的老公，可是很不幸，丈夫很快又去世了，而她当时才刚满四十岁。毛彦文在一百零一岁时辞世，一生只过了三年婚姻生活。

在余生漫长的六十一年中，毛彦文四处漂泊，颠沛流离。很多重要的东西都丢了，尤其是丈夫的著作，令她颇感遗憾。可是初恋情人当年送给她的清华学堂班级纪念别针，她始终妥善保存着，直到晚年交给家族后辈保管还完好如初，可见这段感情对她的意义之重。

她在回忆录中写道：“（这段感情）令我一生尝尽苦汁，不仅丧失家庭幸福，且造就灰暗一生，壮志消沉，庸碌终身！”

这样的女人，有才华、有见识、有能力，唯独缺了一点大女人的格局和魄力。

她们一辈子在咀嚼痛苦，也不知道究竟在反刍什么。是过往的甜蜜，是故人“天上有地上无”的魅力，还是自己曾经的那些付出？

作家林燕妮有一句特别出名的话：“一见杨过误终身。”

与才子黄霑分手后，林燕妮到韩国寺院禅修，每天吃素打坐，有一天顿悟，说已经参透了爱情，自己的问题不是没感情，而是太着重感情，反而变成了一种执着！

真的，对于旧爱，别说那人的面目被你用岁月的滤镜美颜了一万遍，本人未必是多么骨骼清奇的人物，就算真是神雕大侠再世，也犯不着为他搭上一辈子。

该翻篇就翻篇吧！

我最最喜欢的民国女作家萧红临终时，留下一句哀伤的话：“我一生最大的痛苦和不幸，都是因为我是个女人。”

这句话，我每看到一次，就心疼她一次。

萧红早年被欺骗和遗弃过，有孕在身的她几度挣扎在生死边缘，或许那段经历过于惨痛，极大地伤害了她的自信心，以至于她对此事绝口不提，但这种回避的态度不代表她已经走出来了。相反，我总觉得她日后的每一步选择，都带着旧日伤痛的痕迹。

在萧红短暂的一生中，她始终被感情问题所困扰。她一下午一下午地跑到鲁迅家去闲坐，还漂洋过海去日本住了半年，打发那些伤情的时光。

当时的萧红，有声名，有才华，有大把的稿费，有追求自由的心，有安身立命的能力，唯独缺了感情独立的勇气。

她用性别为自己设了限。在她看来，女性的天空是低的，羽翼是单薄的，而身边的累赘又是笨重的。

所以，她从一个男人身边辗转到另一个男人身边，没有独身上路的胆量，她觉得自己做不到——因为她是个女人。

不妨做一个简单的假设，如果萧红把精力从感情纠葛中撤出一些，专注投入到创作中，那么“萧红”这个名字，在文坛中又会如何？

刘瑜在《但是不要只是因为你是女人》中这样吐槽沉溺于感情的女人：“如果这些女孩把她们得不到的痛苦、失去的痛苦、不得其所的痛苦统统给转化为创造性活动中的生产力，这该是生产力多么大的一次解放啊，这个世界又会冒出来多少女爱因斯坦、女托尔斯泰、女贝多芬、女比尔·盖茨啊。”

有人因为贫穷为自己设限，有人因为年龄为自己设限，如果你因为性别为自己设限，给自己的人生人为地设置了一个天花板，那真的最不值。

“女人不是天生的，女人是变成的。”波伏娃说。

在各个时代，围绕女人的性别角色和人生价值都发生过很多的争执。正如许多人生命题一样，“女人”究竟应该是个什么样的命题，只有通过我们自己的人生实践才能进行真切的阐述。

你是个女人没错，可要活成什么样的女人，却是自己可以选择的。

才华是上天给你最贵的礼物

在电视上看到奶茶刘若英的一个访谈，主持人问她：“如果可以选，想做一个美女还是才女？”

刘若英笑答：“我想做个财女。”

其实，翻翻奶茶的履历不难发现，她是一位不折不扣的才女。

唱歌，她是名副其实的“演唱会女王”，曾创下两年举办 53 场巡回演出的记录。

演戏，她第一次主演电影《少女小渔》就拿下了亚太影展最佳女主角；和黄磊合作主演的《似水年华》更是被文艺青年列入必看影单，让乌镇从此成为新的文艺朝圣地，而她自己也成了乌镇的代言人。

写作，光散文集她就出版了好几本，专栏随笔更是写了无数。

做编剧，她个人首次编剧的《易副官》就获得了“万达电影大奖”。

做导演，她凭处女作《后来的我们》一举跻身“十亿导演俱乐部”，票房达到十三亿。

像刘若英这样在各个领域都有所成就的才女，放眼整个娱乐圈都找不出几个。

最重要的是，刘若英清楚她的兴趣和才华在哪里。她在成名前，曾给台湾知名音乐制作人陈升做了三年半的助理，当时她不但从最底层做起，而且除了工作，每天还得做些买槟榔、刷马桶的杂活。出身于富裕家庭的她本可以离开那里，找份更好的工作，但是她知道，那里能让她走上更大的舞台。

她和另一位助理轮流刷马桶，一、三、五是刘若英负责，二、四、六则由另一位助理负责。另外一位助理的名字叫金城武。

这听起来像个段子，却是实打实的真事。

所以，在这样一个时代，你还相信“怀才不遇”这种事吗？

如果说上天真的会给人一些彩蛋，才华一定是最好的礼物。所以，请你一定要好好利用，千万不要浪费。

你可能会说，哪有浪费自己才华那么蠢的人呢？

有！真的有！

我小的时候，有一个小伙伴很会跳舞，我觉得她天生就是个舞者，身体柔软，身段优美，一般人练个劈叉都疼得脸红脖子粗，可她轻轻松松就把腿压下去了。每天做课间操的时候，她站在台子上领舞，就连枯燥的广播体操，她做起来都好像特别有美感。

高二的时候，一所舞蹈学院到我们学校招生，全校只挑中了两个学生，其中一个就是她。像她这样的情况，可以以特长生的身份参加高考，文化课的分数线会低好多，如此一来，就能大大缓解她的高考压力，我们当时都好羡慕。按常理，她似乎应该顺理成章地去报考舞蹈学院，盘着一丝不乱的发髻，露着光洁的额头，当一名美美的舞蹈演员。

可是，她父母坚持让她报考财经大学，即使她身上没显示出半点儿与金融、财经相关的天赋。结果她高考失利，什么学校也没考上。

现在，她是一家麻辣烫店的老板娘。

再说说我自己。我从很小的时候就显示出在数学方面的低能，小学、初中的时候还勉强能混个及格，上了高中以后，什么三角函数、立体几何简直就成了噩梦，直到现在，压力大的时候还会梦到被摁在桌子前考试，眼前是长长的数学考卷。

同时，在讲故事方面，我却表现出几分小天赋。我读过很多童话书，不仅能绘声绘色地讲出来，有时候甚至还能即兴发挥，有模有样地编一段，所以经常有孩子缠着我给他们讲故事。

但是为了弥补数学的短板，我几乎把所有的课余时间都用来做习题了。我的同桌每次看见我对着一堆数字露出一副愁眉苦脸的表情，都说很像便秘。

语文呢，我基本上是不用学的，上课随便听老师讲讲就行了。

高考的时候，我的数学考了三十多分。看着成绩单上的数字我不由得想，谁说一分耕耘就一分收获来着？如果你注定是块儿旱地，就算翻烂了也别想种出水稻。

高晓松曾经说过："人生在世，根本不是你大学学什么你将来就得干什么，我觉得最重要的是你喜欢什么，小时候埋在你心里的那颗种子在什么时候发芽。你小时候培育起来的那块土地，它适合干什么，有的地就适合种鲜花，你非种老玉米，那它就长不好，它就只能长出那种鲜花。这才是人生最重要的追求，你要找到自己心里慢慢发芽的那颗种子，发现自己到底热爱什么。"

在你最感兴趣的事情上，蕴含着人生的秘密。而最感兴趣的事情，一定是才华驱使你找到的。

我现在最后悔的事情就是在记忆力最好、精力最旺盛的年纪，拿出大量的时间去补自己的短板。如果我当时把那些时间都用在发挥自己的优势上，培育一下自己的小天赋，今天的我会不会有所不同？

所以，当音乐人高晓松开了个历史脱口秀，有人就问他："你不是搞音乐的吗？术业有专攻，你搞音乐的讲什么历史？"高晓松就说："对不起，说我搞音乐也不对，我在清华大学读的是无线电专业，我是学雷达的，要非说术业有专攻，那我搞音乐也不对，我应该去干军工，我应该在一山头上，冲着四面八方发射雷达波。"

他的意思是，根本不是你大学学什么你将来就得干什么，而是要把热情和时间用在最能够体现自己才华的事情上。他认为“祖师爷赏饭吃”的人一般就是科班学出来的，只能混口饭吃，只有“老天爷赏饭吃”的才是天才。

如果你是人群中的那个幸运儿，老天爷赏了你一份才华，你一定要领下这份情，好好地发挥它，别去听那些“学热门专业好找工作”之类的陈词滥调。

抓住自己的才华，认真努力地与它做朋友，别让它在庸常的日子里悄悄溜走，上天不会骗你，才华也终将不会辜负你。

独立是一条漫长艰险却风光无限的道路

有一天刷微信，看见闺密大芳发了一条朋友圈："谁的人生不是在默默努力呢？"配图是几本摊开的书和一个笔记本。

底下评论区一片寂寥，只有我留了一个"呸"。

为啥我要如此刻薄？因为大芳是朋友圈里有名的阔太太，老公是名副其实的高富帅，不仅人长得英俊还很会赚钱，谁都知道大芳的人生根本不用努力，她只要安安心心地在家享福就行了。

虽然她家没请阿姨，但雇了小时工定时上门打扫卫生、做饭。大芳每天把孩子送到幼儿园以后，有大把大把的闲暇时间，除了旅游、购物，她的日常就是躺在沙发上看电视剧，上午三集，下午四集。

这样的人，竟然还在朋友圈里发什么"默默努力"，这不是赤裸裸地拉仇恨吗？我"呸"一声都算客气的。朋友圈里的其他加班狗们也都心照不宣地集体保持缄默。

一年后的某一天，大芳突然打来电话，她喜滋滋地说："给我摆庆功宴吧，传媒大学 MBA，我拿下了！”

我当时完全蒙了。

MBA？这么高大上的词儿，跟一个阔别职场好几年，整天在家吃喝玩乐的家庭妇女能扯上关系吗？

当天晚上，在中央电视塔的旋转餐厅里，我和大芳面对面地坐着，俯瞰北京的夜色，彼此都有些感慨。

落地窗外，华灯初上，北京的夜晚流光溢彩，有点奢靡的气息。

虽然我们是闺密，几乎无话不谈，但是这几年她生活中的隐忧，竟然藏在心里丝毫没透露，真应了那句话，“知我者谓我心忧，不知我者谓我何求？”

大芳说，表面上看去，她的生活光鲜亮丽，一派祥和，老公能干，女儿乖巧，每个月有几万块的零花钱在兜里揣着，想去哪儿玩抬脚就能走。但是，渐渐地，她感觉到什么地方有点儿不对劲了。

说起来，当年她也是跟老公一起创业的，项目是她确定的，投资是她拉来的，公司的业务，她也是打下了半壁江山的。后来她怀孕生孩子，时间和精力有点儿不够用，就渐渐从核心业务中抽离出来，只负责一下面试、行政等杂务；再后来，老公说她同时操心公司和家里，把自己搞得很累不说，还两边都照顾不好，不如回家做全职太太。自此，她就一颗心全都放在了家里。

五年时间过去了，老公早出晚归，辛苦工作，把自己从一个创业小青年变成了成功人士，而她也渐渐习惯了不工作的生活，把自己从老板变成了老板娘。

老公对她很好，业余时间帮着带孩子，假期也陪着出去旅游，但是还是有什么东西发生了微妙的变化。

钱包里一堆银行卡，想买什么随便刷，但每一张都是老公的副卡。她这边买完东西，那边老公的手机就会收到一条短信。

老公对她的消费情况了如指掌，她对老公的财务状况却一无所知，公司的流水收入、经营状况等，她也一概不晓。

有一段时间，由于她对娘家的经济支持，夫妻俩口角不断。她发愤要自己赚点儿钱，这样花起来自由，但是苦于没有启动资金，看好的几个项目，因为老公不看好，拒绝出钱，最后只能不了了之。

夫妻俩终于爆发了大战，导火索是买车。她想换辆“甲壳虫”，老公说那种车像个玩具，不如买辆“奔驰”，高端大气上档次。争执了一晚上，老公撂下一句“不买奔驰就什么都别买”，翻身睡了。

她气得发狂，最后却发现自己连说一句“老娘自己买”的底气都没有。

她就是喜欢“甲壳虫”怎么了？因为经济上不独立，就连审美的独立性也要被剥夺了吗？

连买辆自己喜欢的车的话语权都没有，何谈为自己的人生做主？

她光脚下地，走到卫生间，打开灯看着镜中的自己，眼前的景象让她有些吃惊：皮肤松弛，体态臃肿，精神颓废。不过松懈几年而已，人生就换了一番光景？曾经的笑傲江湖呢？曾经的意气风发呢？曾经英姿飒爽的职场“白骨精”，仿佛已经恍如隔世。

接下来的事情就有点像鸡汤的套路了，大芳不声不响地发了狠。她默默地报考了 MBA，第一次笔试没过，回家复习半年准备补考。这半年来，她把以前去逛街购物的时间、去美容院做 SPA 的时间、无所事事发呆的时间……全部用来上补习班。终于，皇天不负有心人，她以超过分数线七分的补考成绩险胜。

接下来是面试。英语是她的短板，英文面试的时候五个问题她一个也没回答准确。

但是很快，她在下一个环节的面试中成功扳回一局。凭着自己的聪慧和以前的工作积累，她把问题回答得头头是道，一位教授当场拍板说要录取她，"回去等九月份开学吧！"给她吃了一颗定心丸。

面试结束后，她马上报了一个英语培训班。

一把年纪了，还这么拼，累不累？累！当然累！

但是如果逃避了眼前的累，早晚会发现，以后会更累。

武志红说，**什么都不做的人，是最累的人。**

当一个人什么都不做的时候，会慢慢与这个世界失去连接，失去能量的滋养。得不到滋养的人生，注定会枯萎、衰败。放眼这个时代，就算你拼命跑，也可能只是保持站在原地而已，一旦停下脚步，很快就会被甩到千里之外！所以，每当工作太多累得想哭的时候，我就会想起闺密说的那句话，"谁的人生不是在默默努力呢？"

身边的榜样强过远处的楷模。

大芳考上 MBA 以后，还没开学，已经参加了几次同学聚会，大家拉了微信群，每次组织活动都会叫上她。看着她朋友圈里一群人穿着运动服在奥森公园跑步的合影，我又忍不住讽刺："嘚瑟劲儿，你们这是传媒大学，还是体育大学啊？"

不管怎么说，她的生活开启了新篇章，精彩的还在后头。

以前听到过一句话：做女人比做男人好，进可攻，退可守。

这句话让人不由得想笑：退，你能退到哪儿去？

基本上，从你放弃努力、放弃独立的那一刻开始，隐患就已经种下了。

娱乐圈中曾经有一段很特别的婚姻。一位三十六岁的著名音乐才子，喜欢上了一位十七岁的女孩。女孩在十九岁那年嫁给才子，并生下一个女儿。

谈及十九岁的年龄差，才子曾经说过一段特别著名的话："她跟我在一起的时候还很年轻，甚至还没进入社会，所以她的基本世界观都是我塑造的。相比之下，找一个年龄比较大的、被周围圈子的人塑造出来后你再去改的妻子，后者多累人啊，而且更容易产生分歧。我老婆对这个世界的看法，甚至听什么音乐、看什么电影，都是受我影响的，所以我们大部分的想法都很一致，我觉得这样很幸福。"

当大家都在为这段感情纷纷叫好并乐见其成地送上祝福的时候，看到这段话，我却感到后背发凉。

如果一个人被塑造成注满别人思想的人偶，那么她自己又在哪里？这种完全失去自我的生活，岂不是岌岌可危吗？

果然，六年后，才子提出离婚，理由是“和她在一起生活我感到不快乐，我想要更多的自由和创作空间”。

离婚一年后，回顾当时的感受，女孩在微博长文里写道：“一切猝不及防，我像从童话世界被忽然扔进倾盆大雨中，浑身湿透。”

她承认，她和女儿的温室堡垒坍塌了。

俗话说，女子本弱，为母则刚。经历过失婚的痛苦以后，她终于醒悟：“我难道不能凭自己的能力给女儿一个更好的生活吗，为什么一定要做别人的附庸？”

好在一切还都不算晚，她才二十五岁。

她找了合伙人，注册了公司，开创了自己的服装品牌，咬着牙，绷着劲儿，重打锣鼓重开张。

在北京最冷的季节，她把自己裹成粽子，去服装面料市场和小贩讨价还价。玫瑰色的幻想破灭之后，如浴火重生般，她对生活的认识突然提升了一个境界：“我在三环上堵着，接打无数电话，忽然想起以往睡到日上三竿拎着包逛街的慵懒时光，已经如此遥远。当我真正直面生活的沉重、繁忙，反而活得更加充盈和开阔……以前的我总在寻找别人为自己营造的安全感，后来才明白安全感谁也不能一直给你，只有自己是自己最坚强的后盾。离开以前所认为的全世界，真正的全世界才会活生生地呈现在你眼前。”

真的，除了你自己，没有谁是你的全世界。如果你认为一个人或者一个家是你的全世界，那我只能说，你的全世界有点小。

女人常犯的错误是，总以为自己可以躲在谁的身后享受岁月静好，一回头才发现，自己的双脚已经站在悬崖边上。从丧失经济独立的那一刻开始，慢慢地，你会接连丧失情感独立、人格独立，直到独立性全面沦陷，依赖心大增，不安全感爆棚。仰人鼻息的生活，终将令你眼里的疲惫无处可藏。

有位直男曾经颇为不屑地对我说：“男人喜欢开拓进取，女人喜欢不劳而获。”先不说这句话是不是过于偏激，相较于女人，男人确实很少有依附于他人的想法，他们早早地把自己定义为一枚过河卒子，不断拼命向前，从而活得清醒、奋进。

波伏娃说：“男人的极大幸运在于，他，不论在成年还是在小时候，必须踏上一条极为艰苦的道路，不过这又是一条最可靠的道路；女人的不幸则在于被几乎不可抗拒的诱惑包围着；她不是被要求奋发向上，而是听说只要滑下去，就可以达到极乐的天堂。当她发觉自己被海市蜃楼愚弄时，已为时太晚；她的力量在失败的冒险中已被耗尽。”

跟在别人身后走路，眼前只有别人的背影，只有自己用脚步丈量前路，一路披荆斩棘，升级打怪，才能看到更开阔的风景，这个过程固然漫长艰险，但也风光无限。

人生，路漫漫其修远，独立才是一条最可靠的路。

希望我们每个女子，都能摒弃那些看上去很美的幻想，早早走上一条最可靠的路。

淡定是最好的优雅

川菜中有一道叫“开水白菜”的名菜，一改川菜的麻辣风格，香味浓醇却清香爽口，从清朝的御膳房走出来，又被端上了现在的国宴。

做这样一道菜，得用多少种食材呢？

大白菜10公斤（每棵只用极嫩的菜心部分）、老母鸡、火腿蹄子、排骨、干贝、去皮精瘦鸡脯肉、精瘦猪肉等。

先把老母鸡、火腿蹄子、排骨等放到锅里小火慢熬，熬足了火候之后，把浮油撇了，把所有食材捞出来放置一边，只留清汤，然后把瘦肉切成肉蓉倒入搅匀，再熬一定火候，用小漏勺把肉蓉捞走另行装置，此时汤色清新，明澈如水。

用一根细银针，在白菜心上反复穿刺，放在漏勺中，用高汤自上而下淋浇，直至白菜心烫熟，下盐调味，这道菜才算完工了。

你看，一碗清鲜淡雅且回味无穷的汤，得用多少东西来煲？

人也一样，一个淡雅的女子，得用多少岁月来煲？得受过多少小火慢炖、大火收汁的煎熬，从世俗油腻和烟熏火燎中冲出来，取精华，去糟粕，才能脱胎换骨？一颗柔软的心，就像被针刺一样痛过多少次，才能坦然面对世事百态？

我有一位年龄三十有余的女友，我们认识快十年了。

遥想十年前的她，脸上有点婴儿肥，发型是清汤挂面的长直发，衣品马马虎虎，说话还带着一点儿方言口音。最重要的是，她的脾气特别“暴”，不止一次在办公室里摔过文件夹，相比现在这个优雅淡定的女子，简直判若两人。

她发脾气的原因有时简单到令人瞠目，她要求所有人都必须遵守她的时间表，如果她是个 boss 也就罢了，偏偏只是个小小的图书编辑。一本书的出版需要经过复杂的流程，从策划、撰稿、审编、排版、印刷到发行，几乎每个环节都需要编辑与不同的人打交道，协调各种问题，每个环节都有可能出现不确定因素，每个人都需要处理自己分内的工作，不可能随时无条件地配合她。因此，由于她的强势，她一时间成了办公室的“咆哮女郎”，谁都不愿意与她合作。

在二十五岁那年，她经历了一个很大的挫折，因为出言不逊，得罪了圈内一位大神级人物，几乎被出版圈封杀，到处找不到工作，无奈只好转了行，凭着外语好的优势做了外贸。

栽了跟头，吃了苦头，她开始学着说话、办事三思而后行。本就是半路入行，资浅望轻，不懂的东西太多，所以只能虚心学习、玩命干活，才能勉强立足。凭着她为人低调、业务精良、玲珑剔透的处事风格，几年后终于得到了提携。

她一点点褪掉青涩，慢慢地沉淀下来，眼神中开始有一些大气的东西，笑容也有了云淡风轻的意味。

她的人生开始一步步重新开挂，旅游、充电、买房投资，脚步愈发沉稳，人生愈发妥帖。

十年过去，她容颜未改，青春依旧，心智却大大成熟，气质也与之前迥然不同。如今的她活得风生水起，俨然是一位独立自主、品位不俗的都市俏女郎了，不知要甩当年那个傻白甜多少条街。

你看，与其说她运气好遇到贵人，不如说是经过多年的历练，她渐渐提升了情商，个人的形象气质也越来越好，所以才能更容易地获得机会。

在外人看来，她是因为吃了亏学乖了，所以才有了今天的圆融。其实，一起聊天的时候，她说起这十年最大的成长，并不是懂得了人情世故，而是学会了淡定。

二十岁出头的时候，她对自己的要求很多、很高，要求自己五子登科，十项全能，做事一定要赢，考试一定要过，任何事都只许成功，不许失败。

从心理学上说，这其实是一种不合理的绝对化要求。不但“心想”，而且必须“事成”，把“希望”“想要”绝对化成“必须”“一定要”。

世界上的任何事情都犹如硬币的两面，存在正、反两个结果，凭什么你就只能赢不能输，是战神雅典娜附体了吗？

王小波说：“人的一切痛苦，本质上都是对自己无能的愤怒。”

终日沉浸在对自己无能的谴责和愤怒中，不让她的情绪变坏才怪呢。

她没有意识到自己对生活的理解出现了偏差，所以动不动就失控。然而，如果不解决这个本质问题，学多少情绪管理课，上多少气质培训班，都无济于事。

直到她栽了一个大跟头，重重地跌到谷底，才以沉重的代价换来一个道理：**每个人都希望变得优秀，每个人都希望加速成长，但成长是有进度条的，所谓“欲速则不达”，急不得，也强求不得。**

心态一旦放松下来，人就从容了，不再紧盯着目标，一路气喘吁吁急急地奔着结果跑，而是把沿途每个环节都做好、做到位，细心揣摩，认真领略，争取做到在每个阶段都有收获。假以时日，反而每件事都做得很好，不但触底反弹，气质也自然而然地变得沉静、优雅。

淡定是一种生活态度，淡定了之后，得失心就没有那么重，不会觉得什么东西是势在必得的，也不会有什么东西是绝对不能失去的。

不必尽如人意，但求无愧于心。只要过程尽力了，不过分在意结果，生活自然也就不会再有患得患失的纠结。

我曾经为她拍过一张照片，她非常喜欢，冲印出来挂在卧室。

那天午后，透明的阳光流淌在原色的木地板上，她身着一件肥大的白色棉布衬衫，手里捧着一本书，慵懒地躺在落地玻璃窗前，身边放着一杯晶莹剔透的红茶……

我坐在沙发上听音乐，不经意一转脸，被眼前这个场景感动了。她看起来那么迷人，优雅的气质就像室内的音乐一样，丝丝缕缕地释放出来。

这一刻，仿佛世上的忧苦、烦恼都与这女子无关。她那么沉醉地享受着自己静谧悠闲的时光，让人不忍打扰，但我还是忍不住按下了快门。

这几年，我几乎再没见过她急赤白脸的样子，她似乎生出一种对麻烦淡然处之的本领。这并不是说她的生活比别人都顺遂，她当然有她的烦恼，天寒地热，人情冷暖，柴米油盐，她都一一领教过。有一天楼上的邻居家里漏水，将她刚装修不久的房子毁得不轻，她只好请了假在家扒了地板晒地，而肇事者只忙着和物业公司扯皮，赔偿款迟迟落实不下来。我看她整天忙里忙外，并无半点儿愠色，忍不住问她："你不烦吗？"她说："呃，当然烦了，但是烦不烦都得面对，何不优雅一点呢？"

老话说："猝然临之而不惊，无故加之而不怒。"在优雅这件事上，她真的算是修成正果了，我自叹弗如。

一个人的幸福指数，真的不与能力强弱、赚钱多少成正比，而是与心态息息相关。

每个人都有过优雅生活的能力，能不能优雅，是自我意愿的选择。

现代人有太多的压力和竞争，有太多的欲望和挣扎，习惯了把简单的事情复杂化，难得放松，也因此错失了优雅。

要拥有优雅的姿态，首先要学会放松下来，把生活中无用的细枝末节尽量剔除掉，简单地生活。一个人无论选择什么样的生活，只要没有抗拒、纠结，就能安然享受一份平静。目标越单纯，杂念越少，生活就越幸福。

真到了“宠辱不惊，闲看庭前花开花落；去留无意，漫随天外云卷云舒”的境界，内心也就有了自己小小的桃花源，用心去感受四季轮回、花开花谢，真的就是一份很不错的日子了。

不要惧怕变得强大

同事小雅是一个不会开车的“老司机”，驾照拿到手已经六年了，揣在身上唯一的作用就是在忘带身份证的时候，证明一下她的身份。

其实小雅的驾驶技术不差，在驾校学习的时候她勤学苦练，三个科目，四场考试全都是一次通过。陪练也请了好几位，可着北京城兜圈练了好几个月，就是不敢独自上路。陪练在旁边的时候开得好着呢，身边一没人马上就不知所措了。方向盘也不知道该怎么打了，刹车在哪儿也找不到了。

网上说女司机经常容易把刹车当油门，还真不是段子。新闻网站隔三岔五就有这样的报道出现，说女司机分不清刹车和油门，把车直接开进商场，将价值百万的观光电梯撞得一地玻璃碴子。

其实女司机开车有自己的优势，女性的视野天生就有180度，比男人宽5倍，开车的时候更容易发现两侧的突发情况，而且女人开车更细心、更谨慎。大多数女司机之所以状况频出，都是输在了心理素质上。

比如小雅，她对开车天生就有种畏惧心理，网上对女司机的妖魔化更是加深了她的恐惧。

“畏难”这个心理啊，可真是学习任何技能的拦路虎。时间拖得越久，小雅就越不想开车了，终于有一天，她找到一个理由，彻底把自己解脱了。

“我想好了，我这个‘驾驶障碍症’是治不好了，这辈子就让老公给我当司机吧！”她一边往嘴里塞薯条一边对我说，“而且现在网约车这么方便，真没必要非得自己开车了。”

“如果从出行的角度讲呢，真没必要非得自己开车，”另一个女同事璐璐插嘴，“但是你得知道，坐在驾驶位和副驾驶的感觉，是完全不同的。”

小雅不置可否。

几个月后的一天，早上上班，我正端着豆浆往写字楼里走，突然看见一辆姜黄色的时尚小轿车缓缓泊进公司的车位，从车里走出来的女司机，正是小雅。

我这一惊可真是非同小可，她那个莫名其妙的“驾驶障碍症”什么时候好的？

我忙不迭地询问她到底怎么回事。原来一个月以前，有天晚上她孩子突然发高烧，老公出差不在家，外面又下着雨，她和公公婆婆三个人抱着孩子心急如焚地在路边打车，可滂沱大雨中根本就没有出租车，在网上约车也迟迟无人接单，打电话给亲戚朋友寻求支援，最近的赶过来也差不多要一个小时。

看着孩子在怀里难受得像缺氧的小鱼一样大张着嘴，嘴唇都干燥得起皮了，想想停在自家车位上的车，小雅心一横，就把一家老小塞进了车里。她把头埋在方向盘上，深呼吸了几次，然后抬头挺胸，打火启动，车缓缓地驶进了雨雾。

没追尾也没翻车，她在高速公路上一路迎风沐雨，安全地把孩子送到了医院。

就这样，路况恶劣、夜间行车、高速公路，新手上路的三大难关，被她一次性攻破了。

没有足够的心理准备，当时的情况也不允许叽叽歪歪，当她集中所有精力专注开车的时候，发现也没有那么难。

"确实，开车和坐车是两种截然不同的感觉。黄昏的时候，每当我开车在高架桥上缓缓驶过，就觉得可以从一个新的视角去看北京。真的，感觉以前虚度了好多时光，就因为自己吓唬自己，错失了好多精彩的体验。只有方向盘握在自己手里，你才明白什么叫驾驭，其实生活中很多事都是这样。"小雅一脸恻然。

我忍不住打趣她："怎么开个车还开出悲壮来了？"

其实我明白小雅的意思。

原本不敢迎接挑战，是因为害怕那个过程会让自己难受，但是没想到，错失美好的生活才是最痛苦的。

恐惧这厮，与其被它奴役，不如做它的主人。

蔡康永曾经说过，“15岁觉得游泳难，放弃游泳，到18岁遇到一个你喜欢的人约你去游泳，你只好说‘我不会耶’。18岁觉得英文难，放弃英文，28岁出现一个很棒但要会英文的工作，你只好说‘我不会耶’。”

面对困难，一般只有两种选择，要么迎着上，要么绕着走，但是困难不会因为绕行而自行消失。人生没有什么捷径，以前偷的懒，以后可能要花数倍的时间和精力来弥补，还不一定补得上。只有迎上去，才可能战胜它，并让自己变得日益强大。

我在作家王朔的文章里，看到过这样一段话：

“经常就有人语重心长地对我说：‘你没有金刚钻，就别揽瓷器活了。’通常我都是微微一笑，心想：你怎么知道我有没有金刚钻呢？‘金刚钻’只是个比喻，比喻能力，但能力不像运动员的比赛成绩那么清晰明确，很难量化，很多时候是说你行你就行，说你不行，行也不行。所以到底行不行还是要自己心里有谱，如果自己也没谱，那就先去做，做了以后你才能真正知道自己究竟有没有‘金刚钻’。即使最后没做成，最起码你也达到了‘没吃过猪肉但见过猪跑’的境界……如果你没有相应的位置，也打心里觉得自己没有‘金刚钻’，那你也别忘了‘瓷器活’。因为还有一句老话‘不怕贼偷，就怕贼惦记’，你就时刻惦记着‘瓷器活’，看看自己干‘瓷器活’还差些什么，然后努力去提高自己的能力，只要你坚持努力，总有一天你会发现自己的‘铁钻’变成了‘金刚钻’。”

很多人缺的不是能力，而是这种自我肯定的态度。他们因为不自信而畏惧，所以永远不会拥有自己的“金刚钻”，自然也永远做不了瓷器活儿。

这个时代就是“杠精”特别多，可能有人非要抬杠，说“我就是不想要什么金刚钻，也不想体验什么精彩绝伦的生活，更不想像闯关一样不停地去挑战自己，把自己活得特别累，做人何必非要为难自己呢，平平淡淡挺好的”。

不是有句话吗？如果你觉得生活轻松，一定是有人替你负重前行。果真如此，恭喜你，你真的很幸运，但愿你这份幸运能长伴一生。

在我写下这些文字的时候，手机里弹出一条新闻。

一个刚生完孩子五个月的二宝妈妈，因为儿子从床上掉下来，被老公呵斥：“不上班，带个孩子都带不好。”婆婆也过来训斥。在与丈夫对打之后，她从五楼阳台一跃而下。

评论区里很多网友为她感到悲伤和不平。有人说，她虽然不上班，但是她每天带孩子、做饭、做家务一样很辛苦。还有人说，女人本来就为儿女、为家庭付出得更多，还要受到丈夫的冷遇，这对女人根本就不公平。

说得对！可是，这个世界从来都是不公平的！

我对这位母亲报以深刻的同情，相信造成她跳楼身亡的这次夫妻间的争执，不过是压垮骆驼的最后一根草。一个人丧失了生的意志，大多是长久以来的生活出现了严重的问题。被生活逼疯的时候，真的可能每天都想跳楼。

一个人被某件事长期困扰，或者深陷在消极的状态中出不来，大多都是一些小事引发的蝴蝶效应。

有些人在年轻的时候，轻巧地绕过了太多困难，最后它们统统集合到眼前，堆积成了一座难以逾越的山。

话又说回来，连死都不怕，怎么反而怕出去挣钱，过自主一点儿的人生呢？

我认识的很多朋友，都是左手带娃右手工作，有的一边带娃一边写书，有的一边带娃一边做自媒体，有的一边带娃一边开店，当然很苦很累，也有崩溃大哭的时候，但是，就像你无法让男人和女人各怀孕五个月一样，你也没有办法向这个世界伸手索要公平。

有的人虽然日子过得苦一点、难一点，但是生活的方向盘始终握在自己手里，难关总会过去。

有的人怕苦怕累怕麻烦，最后却过上又苦又累又麻烦的生活。

说到底，强大的人都是有选择的人。惧怕困难，惧怕变得强大，就很容易把自己逼到只有一个选项的人生死角。当你别无选择的时候，除了夹着尾巴做人还有别的法子吗？

你要不断地为自己积累“金刚钻”，这才是让你渐渐变得从容、强大的资本。当你有了资本，就不必总是看别人脸色行事；当你有了资本，就可以有底气地对不合理和不喜欢的事情说“老娘不跟你玩儿了”。

生而为人，让自己活得更好、更有尊严，是每个人对自己应负的责任。你一路奋进，杀将过来，每个人都看得出，你一天比一天优秀，一天比一天强大，而未来的你必然又胜过今天的你。

这样的人，总会得到喝彩和支持！

最后，请记住曼德拉总统的话吧：

“我们最深的恐惧不是我们自己的不足，我们最深的恐惧是我们强大到无法衡量。正是我们的光亮，而不是我们的黑暗，让我们恐惧。我们问自己：我凭什么是耀眼的、动人的、不可思议的？事实上，你凭什么不是？”

你可以优雅地跟他人划清边界

晓丹结婚以后，住在夫家提供的房子里。这房子原来是晓丹公公单位的宿舍楼，里面住的都是公公的老同事、老街坊，大家认识了半辈子，谁家什么情况都知道个八九不离十，也就是所谓的“知根知底”。

一开始晓丹还挺知足的，在寸土寸金的帝都，不用当房奴就能有一套现成的婚房真是省心，虽说房子老点儿、旧点儿，但装修一下也蛮好的，就不要太挑剔了。可是很快，晓丹就体会到了老房子的缺点。这幢楼一直是父一代子一代地住着，晓丹搬来不久就发现，虽然她谁也不认识，但是邻居们都认识她，全都知道她是“老刘的儿媳妇”。她每天出来进去，小区门口坐着聊天的阿姨们，都要集体对她行注目礼。有时候她被看得发毛，尴尬地笑笑，目光虚无地在众阿姨脸上扫一圈，也不知道在看谁，马上就有人跟她搭话：“你公公婆婆最近没来玩啊，回头给他们捎个话儿，多回来走动走动。”再后来，晓丹受不了这种注目礼，一走到门口就把手机掏出来，假装专心致志地看新闻。

结婚之前，晓丹租住在公司附近的公寓里，邻居间基本没什么往来，即使对门住着，至多也就是碰见了彼此点个头，绝对不会允许邻居把触角伸到自己的生活里来。

关于公寓生活，张爱玲很早之前就这样写过：“公寓是最合理想的逃世的地方。厌倦了大都会的人们往往记挂着和平幽静的乡村，心心念念盼望着有一天能够告老归田，养蜂种菜，享点清福。殊不知在乡下多买半斤腊肉便要引起许多闲言闲语，而在公寓房子的最上层你就是站在窗前换衣服也不妨事！”

确实，公寓的每一间屋都是一个独立的小世界。晓丹就曾站在落地窗前慢条斯理地换过衣服，看着对面公寓通明的灯火，明知道每扇窗后面都有人，但他们都看不见你，这给人一种奇妙的安全感。

可是，晓丹继续怀着这种“公寓心态”住在人情充沛的“多买半斤腊肉便要引起许多闲言闲语”的老旧小区里，自然会感觉到别扭。只要她一回来，她家的门就要被敲响两三次，有人要来看她的婚纱照，有人问她借东西，有人问她要不要买便宜的大白菜，有人通知她晚上停水……

当然，如果仅仅是这样，晓丹也就忍了，很多事情往往还有“但是”。结婚半年后，晓丹的老公要出差，时间很长，整整一个月。某个周末，晓丹手头有桩急茬的工作，正在家加班，电脑却好巧不巧突然罢工了。晓丹鼓捣半天弄不好，就给一个电脑维修公司打电话，让他们派人来修理。来的是个帅哥，开了一辆白色的 SUV，呼啦停在晓丹家窗下，立刻吸引了一圈目光。二十分钟后，有人敲门，探进头来左看右看，说帅哥的车占了他家车位。刚好帅哥已经修好了电脑，就急忙开车走了。

一个月后，晓丹老公回来了，小别胜新婚，两人本该好好温存一把，他却满脸不高兴。憋了一晚上，他终于忍不住问晓丹："我不在的时候，谁来过家里？"晓丹愕然，斩钉截铁地说："没人。"老公抛出铁证："一个男的，一米七八左右，开辆白车，车牌号码是 ×××……这人是谁？"晓丹想了好几分钟，才把修电脑这回事想起来，就把来龙去脉跟老公说了说。可老公死活不信："修电脑的？只是修个电脑为什么还要用卫生间？"

修电脑的人用过卫生间吗？晓丹实在想不起来了，但老公对自己的质疑让她登时火冒三丈，这不是明摆着羞辱她不忠吗？老公却还不依不饶，继续盘问："我不在的时候，你每天晚上都拎着箱子出去，很晚才回来，头发湿淋淋的，你干吗去了？"

"我干吗去了？游泳去了！"晓丹委屈万分，"是谁在乱嚼舌根，赶快告诉我。"

"告诉你干吗？"

"找他对质！"

"全院子的人都在说，你找谁对质？在这住着就不能胡作非为，不然，唾沫星子淹死人。"

原来，电脑维修员一走，众阿姨们就把闲话传到了晓丹的公婆耳中，再将她平时的种种“劣迹”添油加醋一番，说得很是热闹。虽然公婆在外人面前力挺晓丹，但还是第一时间把这些话告诉了儿子。

唾沫星子淹不死人，但是唾沫星子能恶心死人。

晓丹觉得像吃了一万只苍蝇那么恶心。为此，小两口吵了一夜。晓丹觉得相恋三年、结婚半年的老公非常陌生，她甚至开始怀疑自己看人的眼光。天快亮的时候，疲惫的晓丹给老公下了最后通牒：要么搬家，要么离婚！

生活中，像晓丹这样无端躺枪的人比比皆是。扪心自问，你祖宗八代都没得罪过那群姑奶奶，但是她们像克格勃一样无处不在，监视你、揣测你、分析你，最后抛出一堆流言蜚语，把你拉进口水战的暴风漩涡。

人与人交往，要有“界限意识”，要清楚明确地知道并守住自己与他人的界限。一个明智而理性的人，绝对不会在未经主人允许的情况下跑到人家卧室里去参观，也绝不会轻易把手伸到别人的私生活里去搅和。

然而有些人，却不懂得人际交往中的界限，不仅喜欢在别人背后指指点点，还要到别人的家人面前搬弄是非，这是一种严重的过界。

对这种界限感弱的人，一定要单方面地与他们划清界限，姿态

可以优雅，态度一定要坚决。千万不要给他们任何影响自己生活的机会，否则他们很可能会得陇望蜀，给你带来更大的困扰。

第二天晓丹下班，看见一群阿姨依然聚堆儿在小区门口，晓丹笑着走过去跟她们打招呼，阿姨们觉得奇怪，纷纷邀请她停下聊一会儿。这时，晓丹从包里拿出几件漂亮的T恤送给她们，说是公司搞活动的赠品，每件T恤上都印着一个“默”字，晓丹还送了她们几句话：“阿姨啊，我这个人不会说话，也不擅长交际，所以也不太喜欢互相串门，没法子啊，泥人也有个土性，天生的脾气改不了。不过话少有话少的好处，人家都说沉默是金，话说多了会影响人家的生活，还有可能会犯诽谤罪，你们说有道理不？”

老公正好回来，也听见了，一进家门，就问晓丹：“你就不怕得罪人？”晓丹说：“我没在家门上贴‘邻居与狗，不能入内’已经很客气了。”

后来，邻居们就不再打探晓丹的私事了，大家见面打个招呼问声好，点头之交挺好的。

我有一个表姐，三十多岁了还没结婚。在当今社会，三十多岁不结婚也不算什么新鲜事，但是你如果恰巧在生活中认识这样一个人，又常常有机会观摩周遭的“三姑六婆”对她的私生活无微不至的“关心”和明目张胆的掺和，还是会暗暗感到心惊的。

大年初一的家庭聚会上，所有人对她的祝词都是：祝你早日找到如意郎君。酒过三巡，话题还在她身上转悠。一个长辈说：“你明年无论如何也得两个人回来，要是再一个人就别回来了。”表姐说：“兴许还是三个人呢？”

三个人，啥意思？大家都不明白。

表姐开玩笑说：“兴许肚子里还装着一个呢，省得到时候你们催婚完了又催生。”说完，扔下一桌子瞠目结舌的人，跑到另一个房间里哭去了。可见，她这几天承受着多么巨大的心理压力。

据说大龄未婚青年最怕的事情就是回家过年，三姑六婆追着问东问西，不死也是残废。

其实三姑六婆们明知道人家想不想结婚，什么时候结婚她们管不了，但就是忍不住打听一番再巴拉巴拉地说教一番，也不知道是闲的还是嘴欠。这种人不厌其烦地打探和干涉别人的生活不说，往往还喜欢自作聪明地去“修正”别人的人生观，最后还给自己找一个正大光明的理由：“为你好！光我自己过得好还不行，还得操心你过得好不好，毕竟大家好，才是真的好嘛！”殊不知，做这些费力不讨好的事，别人根本不会领情，只会平白地招人讨厌。

因此，春节回家，租男友也罢，租女友也罢，都不如大大方方地告诉他们：这是我的私事，我自己会处理，现在不太想谈。

我们如何在人群中保持生活方式的自由？就是要学会优雅地与他人划清边界。

保持边界感是人际关系中最高贵的品质。对他人，我们不逾矩、不越界，同时也要保护自己不被侵犯。

许多人的边界模糊，就是因为不会拒绝。拒绝别人，尤其是我们所爱的人，是我们不愿意看到的局面，比如对父母说“结不结婚是我的事，你们不要干涉”之类的话，多多少少会让人产生伤害了关心自己的父母的罪恶感，尽管你明知道他们对你的干涉并不合理。面对别人的越界，你明明觉得很压抑、很不满，觉得自己被干扰了，但是说一个“不”字比忍耐这些更难。

可是，忍的时间越久，界限越模糊，想要改变就越难，别人就越会毫无负担地侵入你的领地。要打破这一恶性循环，必须先给自己说“不”的勇气，再难也要说出第一次，之后的路就会好走很多。

香奈儿说，优雅是懂得拒绝。

学会拒绝是对自己的一种尊重，划清界限是自在生活的保障。优雅地确立自己的边界，生活才能变得更加优雅。

你的随和，并不是没有原则

几年前，我的一个女性朋友桃子结婚了，没房、没车、没存款、没钻戒、没婚礼，什么都没有，然而她依然大义凛然地奔进了“裸婚大军”的队伍里。

其实，他们俩裸婚也是无奈之举。因为结婚前夕她才知道男友把自己的积蓄全都借给了哥哥，说是哥哥要买房。

在桃子结婚一个月后，老公的哥哥搬进了新房，随即买了一辆进口车。

桃子一看，这刚买了房又买了车，还世界各地去旅游，根本不是差钱的主儿啊。眼看房价像坐电梯一样噌噌地直往上升，桃子开始心慌，催老公：找机会问问你哥，多少还点钱吧，我们也得抓紧买房。

这一问不要紧，哥哥马上就不高兴了。

随后就是春节，哥哥一家三口去国外度假，桃子跟老公在家吵翻天。婆婆自然知道是为了什么，连忙跑来调停，把兄弟俩从小到大手足情深的故事逐一讲了一遍，又对桃子进行了一番家和万事兴的传统文化教育，核心意思只有一个：你哥没有钱，他的车是单位发的（当然是撒谎），欠你们的钱暂时就不要追讨了。

看着婆婆这么苦口婆心地劝导，桃子虽然心里十分不满，但嘴上还是答应了婆婆可以暂时缓一缓。

后来，老公的哥哥又提出过几次借钱，被拒绝后就不再与弟弟来往，关系闹得很僵。桃子在婆婆的逼迫下，前往哥哥家登门示好多次，赔笑道歉数回，始终无果。

说到这儿，大家肯定都以为这姑娘要么特别懦弱，要么智商不在线。

其实两者都不是。

原生家庭形成的讨好型人格及父母从小灌输的随和、包容的教育，联手害死了桃子。

桃子这样的人，在别人触及自己原则和底线的时候，明明心里已经很不高兴了，但就是不表现出来，这就导致人际关系出现界限不清的问题。随和、包容，如果是在好人堆里，自然没有问题，如果遇到恶人，就会被逼到死角。

就拿桃子来说，她的愿望当然是好的，希望一家人和和睦睦，少生是非。所谓“天下大同，四海之内皆兄弟”，与陌生人交往都尽量做到情同手足了，何况自己的亲兄弟呢？更应该亲密无间才是。然而，理想很丰满，现实却很骨感。千人千面，一千个人可能会有一千种性格，怎么能忽略人性的缺点和弱点呢？

当你总是容忍别人一再地越过自己的界限时，这不是随和，而是软弱。

后来，老公的爷爷考虑自己年岁已大，想把名下的一套房给儿孙们分了。

公婆跟大家谈，提出了自己的分房方案：桃子夫妇放弃继承，全分给哥哥，公婆现住的这套房将来分给桃子他们。哥俩一人一套，不偏不倚。

呵呵！这两套房子，一套在二环内，一套在六环外，价格相差不止五倍，真不知道公婆的不偏不倚是打哪儿来的。

没想到，还没等桃子夫妇说什么，爷爷第一个就不同意这个方案，于是分房子的事就暂时撂下了。眼看即将到手的房子就这么飞了，哥哥一怒，把父母的医疗费、生活费等负担全都甩给弟弟，还把自己的孩子放在父母家抚养。如此，一年多的时间里，桃子夫妇不但要赡养公婆，还要帮老公哥哥家养孩子。

一个周末，桃子去婆婆家，不知为何门虚掩着，桃子就直接推门进去了，然后在玄关换鞋。婆婆正和一个老街坊在客厅聊天，没听见她进来，话题还在继续。

邻居说："您家现在这情况，就不怕小儿子两口子造反？"

婆婆叹口气："我又何尝不知道小儿子压力大，但真的没办法啊，大儿子是个狗脾气，大儿媳更是个炮筒，一点就着，跟那俩人说不通的，再说，万一把大媳妇惹毛了要离婚，孙子怎么办？小儿子老实，小儿媳妇也好哄，有时候她心里也不痛快，我就假装不知道，反正打死她也不敢说出来。”

这番话，听得桃子的心都凉了。

这些年，婆婆给她最不好的感觉就是，在这个家，桃子从未受到过尊重，婆婆处理任何事情，基本都不考虑她的感受。

这也是所有的“滥好人”容易遭遇的困境：被忽略，被无视。

捏一捏你也无所谓，反正你是个软柿子。

别人我也摆不平，只能让你吃点亏。

这段婆媳关系，桃子真的经营得特别失败。

如果婆婆真的是那种恶婆婆，也就无所谓了，但是她一直是很温柔、很贤惠的样子，文文静静的，说话都没有大声过，为了儿女一生鞠躬尽瘁。一度，桃子甚至觉得婆婆比亲妈还亲，她加班熬夜的时候婆婆起床给她做夜宵，有一次婆婆还说：“看到你天天熬夜，这么辛苦，我真的很心疼。”然后一边说，一边红了眼圈，用袖子抹泪儿。

可是，桃子却渐渐发现，婆婆为人处世有双重标准，一旦遇到与大儿子有关的事，婆婆根本不考虑别人的难处，尤其是要钱，绝不手软。

“你哥哥没钱”“你哥哥贷款几千万，利息都还不上了”“你哥哥今年的生意又赔了”“你哥哥都快吃不上饭了”……婆婆向他们要钱的说辞花样百出，而且金额越来越大。

桃子被重塑了三观，开始质疑自己用了半辈子的做人准则。

生活，用一个又一个坑告诉你：你以为随和、大度能感动所有人？别做梦了！你以为你是谁啊？观音菩萨？

桃子反思自己究竟做错了什么，越反思越生气，最后得了乳腺增生。

其实仔细想来，我很理解桃子婆婆的做法。作为婆婆，一则偏爱大儿子，暂且放下不提；二则她希望家庭和谐，起码表面和谐，大儿子夫妇不好说话，小儿子夫妇好说话，劝一劝压一压，总能平息事态。

就像在生活中遇到两个人打架，我们是不是也愿意去劝那个性格随和的，不愿意去招惹脾气暴躁的？

因为好说话，桃子在婆家“被和谐”了十年。

可是婆婆尝到了如此制衡的甜头，却忘了一个朴素的真理：兔子急了也咬人。

桃子冷笑：老虎不发威，你当我是 Hello Kitty。

她花钱请人调查了老公的哥哥，想知道他的财务状况到底如何。结果，老公的哥哥名下不但没有负债，相反，他有多套房，好几辆车，还有公司、茶园等产业。

桃子把调查来的资料一一打印出来，摊在婆婆眼前，正式通知婆婆："从此以后，我们为您负担的生活费减半，另一半需要哥哥承担；赡养老人是子女的法定义务，如果哥哥拒不承担，只能通过法律手段解决。"

婆婆一下子蒙了，完全不知道该怎么办，只好跑到亲戚家痛哭，说路遥知马力日久见人心，装出来的好总有装不下去的那天。

有快嘴的传话给桃子，桃子听了百感交集。

有一种效应叫"胖虎效应"，一个坏人，突然做一次好事，人人都感动；一个好人，有一次不能令人满意，之前的付出就全都化为乌有。

所谓"斗米恩，升米仇"，一个随和惯了的老好人，特别容易掉进"胖虎效应"的陷阱。

婆婆的失望是真实的，桃子的伤心也是深刻的。

忍了几年，终究还是两败俱伤。

桃子说："早知如此，我应该一开始就把底线摆出来，明明白白地说出自己的态度，不要过界，不要用我的忍让来粉饰太平。那样的话，结果就是再坏，也坏不过现在。"

蒋方舟在《奇葩大会》的演讲上说了一句话："任性是最被低估的美德。"这句话不但风靡网络，甚至被专业的心理学家多次引用过。

蒋方舟具有极高的情商，但是她并没有活出真实的自己。在现今社会，“高情商”这个优点被无限放大，甚至有人认为它是一个人能否成功的决定性因素之一。

可是到底什么是真正的高情商？高情商不是强自隐忍，不是一味迁就，更不是去构建一个被人喜欢的人设，而是帮助一个人在人际关系中获得最自由、最和谐的状态，说白了就是让自己活得更明白、更通透。

在不损害别人利益的前提下，多为自己着想，适当的任性会让人际关系变得更好。

当我们明明白白地把自己的不满和诉求说出来的时候，会发现人际关系并没有像之前担心的那样变坏，反而得到了改善。

因为别人知道了你的界限在哪儿，知道了如何调整与你的关系，所以下次就不会再去踩线了，大家交往起来也能更舒服。

真正能够欣赏你的人，永远欣赏的是你的真性情和真实的样子，而不是你无限随和，没有自我的样子。

年少时看《红楼梦》，第五回写到贾宝玉到宁国府做客，喝了点酒想睡午觉，就被请进一间上房，他一看到墙上的对联“世事洞明皆学问，人情练达即文章”，马上反感地大喊：“出去，出去！”

当时我深有同感。年少的时候总是这样，满心都是阳春白雪，不愿去深谙生活的另一面，更不愿正视人性的种种。然而，生活是个万花筒，会变幻出各种各样让人眼花缭乱的状况，横看人情成岭，侧看世事成峰。只有知人心懂人情，知世故而不世故，才能让原则和世故巧妙地融合在一起，将生活变成自己想要的样子。

要知道，别人怎么对你，都是你给的权利。

与其忍出内伤，真不如像旧时的江湖好汉一样，一见面就“划出道儿来”，然后大家按照规则各行其是，彼此都不触犯对方的“线”，大家开开心心地一起大块吃肉，大碗喝酒，不亦乐乎？

如此，对自己好，对别人也好。

温柔，也可以很有力量

如果选一个词，只能用一个，来给自己贴个标签，你会选哪个?

如果是我，希望这个词是“温柔”。

有人觉得温柔像一辆独轮车，很难把握，向左滑滑是美德，向右挪挪是软弱。在我看来，以软弱和妥协打底的温柔，只能称为“温顺”，绝不是真正的温柔。高级的温柔，与软弱、妥协等毫不相干，它的高贵之处在于，温柔是一种性情和姿态，可以温暖你，但绝非讨好你。

存一颗温柔之心，彼此温柔相待，在生活中真的是一件特别重要的事。

席慕蓉有一首诗：“在年轻的时候 / 如果你爱上了一个人 / 请你 / 请你一定要温柔地对待他 / 不管你们相爱的时间有多长或多短 / 若你们能始终温柔地相待 / 那么 / 所有的时刻都将是一种无瑕的美丽……”

这可不是席慕蓉的少女心，而是诗人的人生感悟。读懂这首诗的，往往也不是少男少女。人只有在成熟以后才会明白，对于一份感情来说，什么都抵不过记忆中的无瑕。当时光流逝，那些在你生命中烙下深刻印记的片段就会像退潮后的贝壳，纷纷留在沙滩，这时你才蓦然发现，无论哪一段生活，无论是否关于感情，只有过程圆满才是岁月最好的馈赠。

然而事实却往往恰恰相反，我们越爱一个人，与一个人越亲近，就越容易丢失自己的温柔。谁都不能否认，有时候我们对待身边亲密的人，远远不如对路人甲有耐心。

爱情在时光的旋转门中不停地转来转去，人们发现，不知从何时起，昔日温柔的小猫咪渐渐变成了河东狮，从前温柔的男人也逐渐从热鸡汤变成了冷汤圆。

杨澜在采访作家周国平的时候，问过一个问题："为什么我们都把好脾气留给外人，却把坏脾气留给最爱的人？"

她说这是很多人深感困惑的问题，她也一样。周国平当时笑了笑，说："这个错误，我也常常会犯。"

歌手周云蓬唱道："我们最后一次收割对方，从此仇深似海。"从文学的角度说，这句话令人惊艳，而从生活的角度说，则是令人惊吓的噩梦。生活中的白日噩梦并不少见：忠贞不渝的爱人不声不响就劈了腿，坚持不变的守候转瞬就成了背影；原本说好的长相厮守，转眼就各别天涯……情侣变怨偶的戏码，每天都在上演。

无数事实证明，与其事后选择含泪隐忍，不如始终温柔如初。

可是，就像上面说的，我们对路人甲尚且有几分耐心，为什么与身边的人相处时，反而越了解越苛责、越熟悉越犀利了呢？那是因为我们心知肚明，即使我们对他们不温柔、不客气，他们也不能把我们怎么样，甚至我们越是发飙他们越是关注我们、忍让我们，让我们更加快速地达到自己的目的。换句话说，大多数人只对自己有把握搞定的人发脾气，因为在那个安全度之内，潜意识告诉我们，无论我们怎么胡闹、任性，对方都不会离开自己。

所以在亲密关系中，胡闹似乎是一种特权，我们会通过任性、攻击、折磨对方来行使这种特权。仿佛对方越纵容、越忍耐，就是越爱我们，而这种纵容和忍耐让我们觉得非常有安全感：你看，无论我怎么样，他都不会走。直到有一天，他真的留下一个残阳如血的背影，我们才恍然大悟，原来任何人的忍耐都是有限度的。

说到底，温柔与否取决于一个人对待他人、对待生活的态度。一个人如果不仅是对爱人，还能对生活、对这个世界温柔相待，才算有了大智慧。

在生活中不屑于温柔的人很多，男人太过温柔有“娘炮”之嫌，而本来应该柔情似水的女人更是纷纷拒绝了水晶心，争做“女汉子”。有人说，我天生就是暴脾气，不会温柔怎么办？事实上，温柔并不是天生的，每个人都有温柔的一面和不温柔的一面，要呈现出哪一面完全是你自己的决定。或者说，温柔是一种能力，一个从来都不温柔的人便缺乏这种能力。

还有人说，不是我不想温柔，只是这个世界不允许我温柔。世界如此险恶，我们要内心强大，太过柔软定会被伤得体无完肤。只有坚硬起来、强悍起来，才能在这个世界生活得很好，否则就是天真，就是无能，就是不知死活地卖萌。

这样的认知，真是害死人啊！行走江湖，每个人都给自己包裹着各种保护层，希望武装出一个金刚不坏之身。殊不知，很多看似最坚硬的东西往往最容易破碎，并不是所有强硬的措施都是有效的。

以柔克刚，用软实力攻克硬难题，用最少的力道撬动地球的沉重，才是最强的王道。

企业家冯仑有一句名言“吃软饭，挣硬钱”，他说的这个“吃软饭”是要提高企业的软实力。做人也一样，也要在方方面面提高自己的“soft power”——个人软实力。

温柔就是一种软实力。在施展这种软实力方面，女人具有先天的性别优势。

台湾曾经举办一次温柔女神评选活动，夺冠的是林志玲。在台湾娱乐圈，林志玲被称为“情商最高的艺人”。她似乎从未被激怒过，甚至连陈冠希在微博上用英文爆粗口骂她，她也没有与其公然开撕，只是含泪回应，有事可以直接沟通，而不是用负面的声音将媒体和大众卷进来。

志玲姐姐一哭，两人的公众形象立见高下，一个咄咄逼人，一个梨花带雨。这下子，吃瓜群众不干了，纷纷炸了锅，怎么可以这么欺负我们志玲姐姐呢？明星们也是忙着站队，更有人声称，以后对陈冠希“见一次，打一次”。迫于压力，陈冠希删了微博，然后悻悻地说：“你可以说我错，不过我觉得她比较错。”

其实明星的事，大众怎么能分得清楚到底孰是孰非，只不过是“谁处理得不好，谁就看起来比较错”而已。

有一本书叫《林志玲X档案》，此书的作者认为，林志玲的最大优势就是“有异常柔软的个人仪态”——面对镁光灯，她有着少见的“缩小自我”的谦逊姿态。高个子的她每次与人握手的时候双腿都自然下蹲，有时一晚上要这样屈腿几百次。

林志玲自己是这样说的：**“把脾气发出来是每个人的本能，但是我们要学到一个本事是把脾气收回去，温和并不代表我不坚定。”**

是的，温和并不代表不坚定。你敢说她软弱无能吗？面对冲突，她所有的温柔背后，都是咬紧牙关的坚强。这样的人才是真正强大的人，外表柔软异常，内心固若金汤，在温柔中，她自不慌不忙地刚强。

温和地承担属于自己的命运

在我住的小区里，有一天突然发生了一个意外事件。

一个男人赤膊从五楼跳下，还好有抢救余地，后被紧急送往医院。

令人万万没想到的是，第二天凌晨，同样的窗口，又跳下来一个女的。女的运气不好，当即就没了呼吸。前一夜降温，天降大雪，天气奇冷，女人枕着一摊鲜血，脸冲下趴着，血把她的脸和地面冻在一起，只能用工具一点一点地铲离。那场面看上去触目惊心，有些心软的老年人，当场就掉了眼泪。

这家人是怎么了，像下饺子一样跳楼？

警察上门调查，据说是这样一段公案：女的年轻时有一位恋人，说是真爱，但家里很穷，在爱情和面包之间，女的最后选择了面包，嫁了一个家境殷实的丈夫。没想到，几年后，初恋发了迹，一跃成为商界新贵。

太阳底下无新事，按说这种故事也平常。但是女的心理失衡了，她万分痛悔，恨自己没有熬住当年的清贫，刚好初恋也对她念念不忘，于是两人顺理成章地旧情复燃，每每趁女的丈夫上夜班的时间私会。

时间久了，丈夫自然有所察觉，突然有一天杀了个回马枪，在家中把两人抓了个现行。初恋情急之下慌不择路，从阳台上跳了下来。

第二天夫妻俩吵了一天一夜，最后丈夫情绪失控，把女的从楼上扔了下去。

不过是一桩情事，不曾想最后却演变成命案。

这几年，无论是电影、电视剧还是小说，好像都突然开始集体缅怀前任。

史上最著名的有关前任的段子，大概就是“马前泼水，覆水难收”的故事了。

西汉人朱买臣娶妻崔氏，因为生活清苦，崔氏诸多抱怨，最后想要离婚，朱买臣许诺她荣华富贵还在后面，但是苦劝无效，只好给她写了一纸休书。获得自由身的崔氏自然另嫁他人。

后来朱买臣果然时来运转，当了高官。崔氏得知此情形，后悔不已，披头散发地哀求前夫回心转意，希望重修旧好。骑在高头大马上的朱买臣让人端来一盆清水泼在马前，告诉崔氏，若她能将泼在地上的水收回盆中，就答应她的请求。崔氏闻言，自知再纠缠下去也是无望，眼下自己被前任拒绝，现任那里也回不去了，脚下无路，只好自尽。

用今天的眼光来看，一个女人想要脱离一种看不到希望的生活，也不能说完全是错。然而崔氏的错不是再嫁，而是错在朝三暮四、不认命。

回头草不是那么好吃的，既然耐不住昔日的贫寒，又何必来贪恋今日的富贵呢？

前任好或者不好，不都是一个已经被你 pass 掉的人生选择吗？前任后来混得好或者不好，也都跟你的命运没有一毛钱关系了呀！

美学大师蒋勋在解读《红楼梦》的时候，说了一段耐人寻味的话："我觉得作者触到了生命里的一个本质的东西……《红楼梦》中隐含着很奇特的意思，是说人只要有选择，就会有遗憾。对作者来讲，人世间的美好幸福是不能全得的。有所取，就有所舍；有所得，就有所失。"

电影《妙笔生花》中有一句经典台词：

"我们在人生中都会做出许多选择，带着这些选择继续生活，才是人生中最难的一课。"

是的，选择并不是最难的，最难的是能不能安于自己的选择。

或许有人会说，选择能影响命运，但一个人的命运并不是完全由选择造就的。

可是，如果连自己的选择都不能坦然面对，还能温和地承担属于自己的命运吗？

那些睿智的人，就是因为能够在命运面前安之若素，平静地接受命运赋予的一切幸与不幸，坦然地接受选择背后的种种代价，并在这个基础上始终不放弃努力，从而才让自己的人生拥有了更多“面朝大海，春暖花开”的可能啊。

2015 年，中国文坛出现一匹黑马，一位女诗人猝然映入人们的眼帘，在诗歌备受冷落的年代，她成为 20 世纪 90 年代以来唯一一个诗集销量超过 10 万册的女诗人。她的名字叫余秀华。

余秀华自小就身带残疾，出生时因难产导致的脑瘫，使她走路摇摇晃晃，说话含混不清。她可能比别人更能感受到人在命运面前的无能为力，对这种命运，余秀华选择了领受。

北京师范大学文学院的张莉博士曾写下一段话，是我最喜欢的对余秀华的描述：“许多人都看到疾病之于这位诗人成名的标签作用，却并未看到她对这种伤痛的领受、消化、沉淀，并最终将其认成命运。疾病给人以疼痛，那就把这疼痛领下、写下；疾病给人以卑微，那就把这卑微体会；和疾病，和疼痛，和卑微，也和大地在一起。疾病是囚笼，写作则是她寻找到的挣脱之路，是自救。写作使她治愈，使她成长。她在试图以诗句使自己整全。”

成名几年后，余秀华在访谈中说得最多的一个词就是“顺其自然”。她说：**“主动接受是对抗的捷径。”**无论成名前还是成名后，余秀华都很清醒，她带着透彻的自省与明辨力，活得很佛系。

她在诗中写道：“巴巴地活着，每天打水，煮饭，按时吃药 / 阳光好的时候就把自己放进去，像放一块陈皮 / 茶叶轮换着喝：菊花，茉莉，玫瑰，柠檬 / 这些美好的事物仿佛把我往春天的路上带。”比起她那句在朋友圈刷屏的“穿过大半个中国去睡你”，这首诗更加令我感动。

2008 年 7 月 27 日，距离 8 月 8 日的北京奥运会还有 12 天，奥运会开幕式独舞节目《丝路》正在进行最后一次彩排，由于车台操作失误，舞蹈演员刘岩从三米高的表演高台上意外坠下。

那次意外的十年之后，在一个女性论坛上，我听到了刘岩的演讲。

那天的论坛有很多优秀的女性发言，然而只有刘岩的演讲，讲哭了全场。

刘岩是坐着轮椅上台的。她在 LED 显示屏上放映着讲述自己故事的 PPT，展示着自己以前优美的舞姿，平静地讲起十年前的那场意外。

按照舞蹈动作的编排，刘岩将从“电子薄纸”上腾跳到一个平台上，这个平台是一辆由人工推动的，可以活动的车台。当时，刘岩跳到这个车台上，左脚刚刚踏上，右脚还未赶到，车台却提前撤动了，时间误差仅为一秒钟。仅仅一秒钟啊，却彻底改变了刘岩下半生的命运。她从三米高的平台上仰天向后摔了下去，后背重重地磕在地面的一条轨道上，当场不省人事。

事故发生后，经过六个小时的紧急手术，刘岩终于清醒过来，但下半身却没了任何知觉。医生来到病房给她陈述病情，说了一堆专业术语，她完全听不懂，就请医生直接说结果。

医生只好难过地告知她："刘岩，你瘫痪了。"

一个正处在事业巅峰期的舞蹈演员就这样突然瘫痪了，而且是胸椎以下的高位截瘫！

摔伤之前，刘岩拿奖拿到手软，生活风光又忙碌，奔走于世界各地，有时早上醒来，她都要思索一下自己身在何处。摔伤之后，她天天在家闲着，与过去彻底告别，"只留下一个将艰辛、汗水与努力化为泡影的陌生自我。"

我不知道这十年中刘岩都经历了什么，付出了什么，只看到那天在我眼前的刘岩依然美丽、优雅。如今的她是北京舞蹈学院的教授，整日忙着讲课、出书，做学术研究。从身体微语言的角度去研究舞蹈，在舞蹈界，她是第一人。

纵然受到如此重创，她依然认为自己是幸运的，因为双手和上半身还可以动，虽然不能再跳舞，但她还有舌头和思想，还能继续做很多与舞蹈相关的事情。如她自己所说："尽管曾经跌落，但梦想却没有因此凋零，内心仍能乘着梦想的翅膀飞翔。"

有太多的人，在日常生活中遇到一点点挫折，就怨天尤人，甚至戾气冲天。**而这个世界上的另一些人，即使面对命运凌厉的伤害，**

仍能做到温和面对，坦然承担，用坚韧和努力将伤痛一层层包裹起来，最终收获人生的珍珠。

小提琴家欧尔·布里在一次演唱会上，突然断了一根琴弦。迟疑两秒之后，他继续演奏。终场谢幕时，布里举起小提琴，那根断掉的琴弦在半空中很醒目地飘荡着。记者问他何以能够保持如此镇定，欧尔·布里说："只不过是断了一根琴弦，我还可以用剩下的琴弦继续演奏啊。这就像我们熟悉的许多遭受不幸的人生，依然可以是美丽无憾的。"

选择的代价也罢，命运的不公也罢，遭遇的挫折也罢，突降的灾难也罢，这些都是命运的一部分。在长长的一生中，幸或者不幸都有可能来临，我们既然能够欢喜地接受命运的馈赠，那么也应该能够温和地承担命运的苛责，如此才有和命运相互成全的可能。

不必羡慕他人，没有谁的人生不艰难

堂姐一家三口要去美国。我姐夫在外企上班，应邀带着老婆孩子去总部参加年会。

得知这件事的当天晚上，我妈坐在沙发上，用她那种惯常的语调说："看人家多好啊！过两天要去美国了！"

"看人家多好啊"是我妈的口头禅，与这句话相配的，还有一套固定的语调和表情，想象一下一个人牙疼又偏要吃酸杏儿的那种感觉就对了。

每当我妈犯这种病的时候，我就像吞了一块大胶皮，又堵又膈应。

上个月，她也跟我说过："你瞧你二大爷家条件多好哇，老两口去厦门旅游了。"

闺密劝过我："老太太是不是不舍得花钱啊？你给她报个团，让她出去散散心。"

这个方法我也试过，陪着出去旅行，一路开启自虐模式，美食也不吃，风景也不看，晚上在酒店里烧开水泡面。回来后，我问她：“妈，您觉得好玩吗？”

我妈长叹一声，欲言又止地看了我一眼，勉强回答道：“嗯，还行吧！”

言外之意是受了天大的委屈，但毕竟你出了钱，也不好太不给你面子，给个欲说还休的眼神，自己琢磨去吧……

我妈从未抱着享受生活的心情，好好地度过任何一个当下的时刻。

从我记事起，就觉得她总是在懊悔过去，纠结眼下，焦虑未来，外加羡慕别人。她无疑是一个幸福指数极低的人。

我妈并不是羡慕人家活得好，而是羡慕人家命好，一切都来得毫不费力。如果天上曾经掉过馅饼，每个人都被砸过，只有她没有……

她的眼睛，只盯着人家光鲜的一面，看不到人家背后的付出；只看到人家得到的东西，看不到人家背后的代价。

一开始我还试图开解她：很多人过得比你好是因为付出得比你多，你羡慕人家可以免费美国游，但是你每天晚上泡着脚看电视的时候，人家可能在加班，在开会，在出差……

完全没用。

她依然隔三岔五地给我来这么一下子。

慢慢地，我也不劝了，只是开玩笑地说：我妈心里有一匹野马，我们家却没有草原。

不知道我妈这种奇葩的观点是怎么形成的，但是生活中像她这样的人还不少，**他们总是盲目羡慕别人的生活，却忽略自己生活中的美好。殊不知，天上从来不会掉馅饼，没有谁的人生不艰难，解读一个人的生活不能只看表象。**

我的女朋友小锦，自从辞职后就过上了全职太太的生活，每天在朋友圈里不是秀自己烘焙的点心有多好吃，就是晒自己养的花花草草有多娇艳，然后时不时地再配几张和姐妹们吃饭聊天的图，整个人看起来悠闲得不得了。可是有一天，她却跟我说，已经有很长一段时间没有人叫她参加朋友聚会了，在微信上跟几个之前一直玩的朋友联系，发现信息怎么也发不出去。她被她们拉黑了。

“我到底做错了什么？”她郁闷地说。

具体原因，我也不得而知，但我想她的错大概就在于不该总是显摆自己活得有多滋润，所以几个人不约而同拉黑了她。很显然，她们不想看她整天嘚瑟个没完，所以将她踢出了她们的朋友圈。

这听起来实在太幼稚了，完全不像一个成熟的成年人所为。但是在人际交往中，这种情况屡见不鲜。一言不合就翻脸，多年感情说不来往就不来往。你不知道戳到对方哪根筋了，但对方就是不痛快。

在人际交往中，一段好的关系，应该是既独立又分享。也就是说，在彼此交往中，既有交集的部分，在生活上能够互助，在精神

上能够交流；同时，又能保持自己的独立性，对方有对方的生活，你有你的世界。

因为熟识，就非要把对方的生活当作参照物，把对方的生活水准当作自己幸福与否的标准，这不就是自寻烦恼吗？

有句话叫“光看见贼吃肉，没看见贼挨打”，意思是说，那些貌似光鲜的人，或许背后有你不知道的苦衷。比如“拉黑”小锦的那些人，看着她整天闲得像只猫，而自己却每天都在为生活奔波忙碌，自然感觉气不过。可是她们不知道，在过去的五年里，小锦休假的时间加起来不超过二十天，当时的她像个空中飞人一样经常在全国各地飞来飞去，一年到头有大部分时间都在出差。有一次在外地，她被摩托党抢包，人在地上被拖了十几米，满身都是伤。

谁活着都不容易，就连皇帝也不例外，据说雍正还专门给自己刻了一方“为君难”的印，整天往各处盖，这方印现在还在故宫搁着。

我曾经买过一个英语的网络付费课程，讲课的老师是原新东方名师，两个女儿的妈妈。高知，高颜值，从新东方出来后自己创业，一路顺风顺水，据说业务做得最好的时候，她的付费课程上线十分钟就售出十万份。老公也事业有成，大女儿正在国外读书，还是个学霸，所谓人生赢家，无非如此吧？

在某一节课里，有一个环节，是她带小女儿朗读英文绘本，女儿已经十岁了，却刚刚开始学习英语。

她自己说出了大家的疑惑：作为一个英语老师，为什么自己的孩子十岁才开始英语启蒙呢？

她分享了一段辛酸的经历。在小女儿两岁左右时，她发现自己的孩子跟别的孩子不太一样，不会说话，与父母也无情感交流，整天在怀里抱着一张光盘，如果有人试图把光盘拿走，孩子就会发出凄厉的尖叫声。

为此，她带着孩子跑遍了北京的大小医院，“自闭症”这个词，像一个巨大的阴影，笼罩在她心头。

从孩子两岁开始，她拿出两年的时间，每天只做一件事：训练孩子说话。她请了一位18岁的小保姆协助。每天从早到晚，她和小保姆一刻不停地对着孩子大声喊叫，直到两个人都声嘶力竭。

一边对孩子进行语言训练，一边也没有停下求医的步伐，她始终抱着绝不放弃的信念：只要自己活着一天，就一定要为孩子寻找治疗方法。终于有一天，在一家著名的妇产医院，她遇到了一位儿科专家，在为孩子做了全身检查后，专家发现有一个血液指标不太正常，而这个指标，是会影响孩子的生长发育的。

孩子吃了专家开的药，约莫过了两周时间，就有了明显的效果。这简直是个奇迹！至今，她还把这位专家称为自己家的恩人。

服药半年后，孩子可以像别的孩子一样去学校了。一开始，老师还时不时地找她反映孩子的表达能力差、无法遵守正常的课堂秩序等问题，渐渐地，老师就不再找了，因为孩子的成长完全跟上了其他孩子的步调，是一个正常的孩子了。

她给孩子起了个英文名叫康妮，她说，不求孩子出类拔萃，只要健康成长就好。

孩子病好之后，她家的小保姆被她培养成英语讲师，成为她的教学案例中最为成功的一个典型。

这段经历，如果不是她自己亲口说出来，我万万想不到一袭红裙，性格爽朗，笑靥如花的她，竟然默默地走过那样一段绝望的暗黑时光。

张爱玲有一句人人皆知的名言，“生活是一袭华美的袍，上面爬满了虱子。”

或许我们都曾羡慕过别人，觉得别人比我们运气好，比我们顺遂，觉得别人的生活圆满完美，没有瑕疵。

可是，这世上哪里有完美无瑕的生活？即使是天上的神仙，也照样有一箩筐的烦恼和遗憾。牛郎织女情深意笃，也只能一年一会；嫦娥独守广寒宫，碧海青天夜夜心，守着千万年的寂寞；即使是上天入地能耐得不得了的孙猴子，脑袋上也得顶着一个金箍。

不知你的生活中，有没有这样的朋友：原本住着豪宅、开着豪车、穿着名牌，看上去真是夫复何求，突然有一天，你听说她得了抑郁症。

又或许，在你的朋友圈里，曾出现这样的段子：“每天晚上上楼前，都想在车里哭一会儿，想想哭什么哭，眼泪也不能给车加油……”

多少艰难困苦，都隐藏在貌似诙谐的自我调侃和一个个欲说还休的省略号里。

或许她也有一地鸡毛，或许他也有半桶狗血，或许他们都有不足为外人道的心酸。

人生不如意十之八九，可于人言不足二三。

而那些所谓的人生赢家，无非是知轻重，懂取舍。

他们的人生不是不艰难，而是他们最终承担了这份艰难，达成了自己的愿景。

一个人要想过得好，就得剔除生活中的那些繁文缛节，简化目标，知道自己要什么，该怎么要。只有专注于自己脚下的路，少去注目别人的生活，才能实现自己的目标。而别人的生活，即使你再怎么羡慕，也羡慕不来，因为那可能是他咬碎牙齿和血吞换来的。换个角度想，虽然你没有他手里的东西，但你的牙还在啊。

珍惜自己所拥有的，过好自己的日子，幸福就是这样简单。

爱他，你可以主动的

有一次我陪一个朋友参加一场婚礼。新郎是朋友的同事兼好哥们儿，婚礼结束后，朋友极其八卦、津津乐道地给我讲了这对新人的感情历程。

新郎和新娘是同事。新郎原本喜欢另一个女同事，也追到了，还在公司附近买了一套房子做婚房。可两人为什么分手了呢？据说问题出在他的这个女朋友身上，那姑娘从不在他们未来的婚房里留宿不说，更是不愿与男友有肌肤之亲。所以，他们分手了，只有男生一个人怏怏地、寂寞地住在那套大房子里。

这时，男生的另一个女同事，也就是现在的新娘找到他，提出要租他的一间房间，理由是自己住的地方距离公司太远了，每天上班奔波得很累。男生本来是不愿意的，但碍于同事之谊，又禁不住姑娘再三请求，就勉强同意了，但不是出租，而是让她借宿。男生的本意，一是同事之间不好开口收钱，二是希望女孩自己借宿一段时间后不好意思了，自动走人。没想到那姑娘一听，当即提出如果男生坚持不收房租的话，就由她负担水电费和男生的晚餐。

这一住就是一年半。用朋友的话说，“饶是如此，这哥们儿还坚持了一年半呢！”一年半后，男生娶了女孩。

这一年半具体发生了什么，外人无从知晓，但是根据故事的梗概，明眼人一看便知，姑娘喜欢自己的男同事，迎难而上，主动出击，以租房为借口接近男主，大胆追求，最终抱得美男归。

我只能说：嘿，姑娘，干得漂亮！

说起追求，一般都默认为男追女；关于女追男，有另一个词，叫作“倒追”。

女的追男的？这事儿一反过来，就有点不那么合情合理了。

虽说时代发展到了今天，“男女平等”不知道说了多少年，女权主义者也经常昂首挺胸地呼吁女同胞一定要勇敢追爱，可真正能做到“倒追”的女人有几个？

林忆莲在歌里如泣如诉地唱，“女人若没人爱多可悲，就算是有人听我的歌会流泪，我还是真的期待有人追。”

被动地等待别人来追求，导致女人在选择伴侣时有一个局限性，就是只能在自己的追求者中挑选。这些人都是对她感兴趣，喜欢她的人，那么她可不可以选自己感兴趣，自己喜欢的人呢？

可以啊，但你得主动。

一直以来都有一种观点，如果一个姑娘放下身段去追求男人，那她在这段感情中就会永远处于劣势，因为太容易得到的东西总是不被珍惜。可是与这种观点相悖的，在我身边听到、看到的故事中，有一个普遍规律，那就是在爱情中采取主动的姑娘们，基本上都得到了一个好结局，日子过得都挺舒心。而那些因为林林总总的原因或者各种花样作死，与爱情擦肩而过的姑娘们，总难免期期艾艾，纵然是举案齐眉，到底意难平。

我有一个阿姨，一辈子优雅美丽，上得厅堂，入得厨房，年轻的时候追求者就数不胜数。有一天我去她家吃饭，看见她正坐在沙发上咬牙切齿地盯着手机看个不停，原来她的朋友圈里有人在撒狗粮秀恩爱，刚好戳到她的痛点。那是一段陈年宿怨，秀恩爱的那个人，是阿姨的老情敌，当年对方雷厉风行，以迅雷不及掩耳之势抢走了阿姨的花样美少年。

说是抢，其实也不对，三个人是那种典型的A爱上B，B爱上C的三角恋爱，花样少年中意阿姨，情敌又颠颠地追在少年身后。一段时间以后，阿姨觉得少年始终没有拿出非她不娶的态度，心中甚是不悦。爱情不是应该“弱水三千，只取一瓢”的吗？最后她不告而别，心想如果少年心中有她，一定会掘地三尺地寻来，可她等来等去，没等来少年的身影，却等来了少年和情敌订婚的消息。

阿姨痛哭了一夜之后，拿出十二分的风度，不仅空降订婚宴，还送了小礼物以示祝贺。告别的时候，喝醉了的少年当即追出来，泪眼蒙眬地目送着她的背影，久久不忍离去。那夜的满天星光和少年的泪光，从此就成了烙在阿姨心上的痛。

人这一辈子啊，爱过谁自己自然知道，但被谁爱过还真未必知道。自始至终，少年都以为阿姨挥挥手没带走一片云彩，从未把他放在心上。

在阿姨负气蒸发的那段时间，少年病了，情敌每天早上四点起床，跑到郊区，跳进冰冷的河水里逮泥鳅，就为了能给他端上一碗香喷喷的泥鳅面，比起女神的高冷范儿，很明显情敌的爱更接地气儿。

订婚后不久，两人就结婚了，很快又有了孩子，后来孩子也有了孩子，当了奶奶的情敌还跟年轻的时候一样奔放，天天在网上狂秀恩爱。抱着一种奇怪的窥视心理，阿姨每天一睁眼就打开朋友圈看看情敌发什么了，然后以要把手机戳死机的力度给她点赞。

千万别拿谁是谁的朱砂痣，谁是谁的蚊子血来找心理平衡，终究是人家两个人，相伴了一辈子。

爱不爱的，如今你已经说了不算。

听完这段往事，我不由得感到遗憾。如果当年狭路相逢，阿姨能稍微向前迎一迎，情敌再勇，怕是也没有胜算。

可她轻轻一侧身，爱情就与她擦肩而过了。

“要来的糖不甜，这种事，向来只有人家求我，没有我求人家的。”

时至今日，阿姨说这话的时候，口气中仍有一丝骄矜，好像这是一件很光荣，倍儿有面子的事情。

都说男人最爱面子，其实在恋爱这件事上，女人更爱面子。多少爱情都输给了自尊。

面子比天大，自尊最重要，哪怕内心再渴望，也不肯再努力一下。“后来，终于在眼泪中明白，有些人一旦错过就不在。”

可以武断一点，“自尊”这个东西，是横亘在我们主动追求爱情、追求幸福路上的一大障碍。

人当然要有自尊心，问题在于，我们是如何定义“自尊”的？

总是有很多人把面子和自尊混为一谈，以为没面子就是没自尊了。

实际上，面子与自尊是两码事儿。

面子是你在他人眼中是什么样子，自尊是自己尊重自己，包括尊重自己的各种需求、尊重自己的内心感受，知道真实的自己是什么样子，并且尊重这个真实的自己。

勇敢追求自己想要的幸福，努力达成自己的内心所求，不是一件最有自尊的事吗？

有些事情不用活到七老八十，三十岁之后就会有所感触，回首往事，令人耿耿于怀的，往往不是丢脸、被拒绝，而是犹豫、逃避。比失败更让人心塞的，是错失。

真爱一个人，你完全可以主动。也许在追爱的过程中，他终究没有接受你，但是你却因此获得了勇敢追爱的能力和勇气。这种珍贵的品质，让你虽败犹荣。

你可能会说，活得这么用力，还能做一个淡泊优雅的女子吗？

姑娘，不是要你时时刻刻都像打了鸡血一样马力全开，而是要你懂得自己、尊重自己，敢于迎向自己喜欢的人。得到了，很好，这是你应得的奖品和礼物；没得到，你可能会失望、难过，同时也会释然，努力过也就无悔了，绝不会从此看轻自己、怀疑自己。

别人怎么看你不重要，重要的是你怎么看自己。唯有拥有了这样的一份自尊，才能真正做到宠辱不惊，云淡风轻。

重新定义了自尊，就重新定义了生活中很多事情的含义。

你收获的不仅仅是一个爱人，还有一份人生态度。

一旦女人能够做到主动追求自己的所爱，就等于为自己的人生开启了一个契机，踏入了一大片豁然开朗的广阔天地。从此，你会看到生活中的很多可能都可以握在自己手心，而不仅仅是爱情。

简而言之，活得越好的人，性格越主动。

老话说得好："男追女，隔座山；女追男，隔层纱。"

看，这份性别优势是老天给女人的一份多大的红利啊，干吗要浪费呢？

不要接受那个追你追得特别卑微的人

你见过一个人追求喜欢的人，追得最久是多久？

我见过的是十年。

十年，都快赶上抗日战争了。

晓东和静静都是我的同学，晓东从高一开始追求静静，一直追到读完研究生。对于晓东来说，这十年追爱路的艰辛就别提了，那当真是一把辛酸泪：整个人低到尘埃里，各种百依百顺，各种跪求，各种苦情戏，各种苦肉计，甚至有同学亲眼看见过晓东不知为何事求静静开恩，一边哀求一边狠抽自己嘴巴子。

在追到第九年的时候，有一天晓东喝醉了，在街上拉着一个陌生人问："如果追一个女孩追九年都没追上，说明了什么？"

那人大笑，说了俩字："废物！"

晓东听了，沉默不语。

皇天不负有心人，在两个人都拿到硕士学位的庆功宴上，静静终于接受了晓东的感情。

这本该是一个皆大欢喜的结局，没想到短短一个月后，剧情就发生了惊天大逆转：在晓东留宿静静家的第二天，他就向静静提出了分手，然后迅速跟另一个女孩确定了恋爱关系。

别说静静接受不了这个事实，就连一众同学、朋友都觉得晓东是不是得了失心疯。他苦追多年，好不容易抱得美人归，理应好好珍惜才是，怎能转眼就移情别恋？消息传来，同学群里一片哗然：这十年来，我们都以为你走的是心，原来走的是肾啊！于是大家纷纷嚷嚷着再也不相信爱情了！

静静的闺密更是气不过，直接打上门去，泼了晓东一脸“老干妈”兑可乐。

静静被打击得不但怀疑爱情，甚至都开始怀疑人生了。心灰意冷之下，静静去国外留学了，好几年都没音讯。

后来在同学聚会上，遇到已经结婚生子的晓东，往事早已如烟般飘散。虽然大家都有了自己的新生活，该放下的也都放下了，但该八卦的还是得八卦，于是有人试探着问起晓东：“当年你到底是怎么想的？”

晓东说：“我苦追了她十年，一度以为这就是自己最大的人生目标，没有什么事比追到她更重要了，比考研，比工作，甚至比我的生命都重要。可当我终于追到她的时候，却像被巨大的空虚击中，仿佛一直支撑着自己的信念突然坍塌了，让我站都站不住了。拥有她，我不但没有想象中的幸福和满足，反而总是想逃离。

想到以前为她做过的那些糗事，在她面前低三下四的德行，自己都觉得不值。

“在追求静静的那十年里，我从来没想过跟别的女生在一起，眼睛里也从来都没有过别人。可是在跟静静交往的短短一个月里，我却总是思想溜号儿，对约会毫无兴趣，总想一个人待着，以前是‘我想静静’，现在是‘我想静静’，甚至还想跟别人试一试，觉得自己这么多年把光阴和感情都虚掷在一个人身上，活得真是要多亏有多亏。

“终于，在我身边出现一个喜欢我的女孩之后，我连片刻犹豫都没有就改旗易帜，投向了那个女孩的怀抱。”

晓东说完，众人一时无语。

感情这种事与别的事不同，往往是旁观者迷，当局者清。谁也骗不了自己的心，晓东追静静追到最后，其实早就没有当初心动的感觉了，他放不下的，只是自己曾经的付出，他坚持的，也不过是自己不肯服输的执拗。

从某种意义上来说，从追到静静的那天起，他们的这段感情就走到了终点。晓东用这个结果证明了自己不是废物。这个漫长的求爱过程，透支了他太多的耐心和热情，以至于一旦两人真正走到一起，感情就像插入冰水的温度计，瞬间就降了温。

作为女生，到底要不要接受那个追自己追得特别卑微、特别辛苦的人？

答案超级明确：不要！！！

一个尊重自己的人不会以卑躬屈膝的方式获取爱情，一个知进退的人不会在被多次拒绝之后仍旧死缠烂打，一个心智清醒的人不会强求自己的爱情一生只能锁定在某个特定的人身上。

女生遇到一个这样的追求者，千万不要沾沾自喜地认为自己魅力无穷，更不要因为被感动而答应与对方交往，这种人痴情的背后，往往隐藏着更可怕的偏执倾向。他们的追求到最后可能会变成一个执念，自己都搞不清楚追求的到底是爱情，还是达成目标的快感。

过于卑微的追求，即使最后被接受，两个人心理地位的长期不平等也很难快速地调试过来。卑躬屈膝的追求者能一下转换成亲密知心的伴侣吗？

对于那个卑微的求爱者来说，一旦得到回应，便会渴望更多的回报和回馈，以补偿自己的付出，获取心理平衡。如果女生满足不了他的这种心理需求，追到后，他很有可能翻脸无情。

能够不择手段地跟一段感情死磕，固执地活在丧失尊严的独角戏里，还能强撑那么久，这种人，对自己真的太狠了。对自己都这么狠的人，能指望他一直善待你吗？

民间有两句话，一句是“从奴隶到将军”，一句是“多年的媳妇熬成婆”，我觉得这两句话都隐隐地透出一股子威胁、报复的气息，好像压抑很久的人从牙缝里吐出来的怨愤，让人后背发凉。

再说一段旧事。

当年，在烟波浩渺的西湖岸边，流传着一句话：“天下女子数苏杭，苏杭女子数映霞。”这个叫王映霞的女子，天生丽质，窈窕袅娜，被誉为“杭州第一美人”。

一个早春的下午，当时享誉文坛的作家郁达夫偶遇王映霞，对她一见钟情，开始疯狂追求。

因为使君有妇，王映霞便婉言拒绝了。但郁大才子并不放弃，情书像雪片一样飞来，激烈的言辞让王映霞不敢“轻易拒绝”，他说自己就快要死了，“如猛火电光，非烧尽社会，烧尽己身不可的”；说自己准备到法国去了却残生，以断念想；还自比疯狗，说王映霞是“一个被难者，一个被疯犬咬了的人”。不仅如此，还动不动就要为王映霞舍弃一切，动不动就要自残，动不动就要为她去死。

有一次，郁达夫还从上海跑去杭州找王映霞，在雪中一站就是两个钟头。

王映霞对朋友说：“倘若断然拒绝他，结果非但不能解除他的烦恼，也许会招来意外。”

有一些单纯的姑娘，常常会中这种情感敲诈的招——你已经把我的心拿走了，没有你我就没命了，你不答应我就是耽误我一生，就得带着对我的愧疚过一辈子。

虽然郁达夫的这种贱兮兮的追求方式与他的年龄、地位极不相符，但终究还是打动了王映霞，二人最终喜结连理，被时人称为“富春江上神仙侣”。

没想到婚后不久，不知郁达夫是出于炫耀心理，想要宣扬自己的胜利果实，还是天生喜欢自我暴露，他竟把追求王映霞的过程编成《日记九种》出版发行，其中详细描写了两人的闺阁细节，令王映霞十分难堪。

后来，郁达夫的这个毛病变本加厉，夫妻俩在生活中产生矛盾，他动辄就登报声明王映霞与某某人私通、王映霞离家出走下落不明等，最离谱的一次，他竟然在香港《大风旬刊》发表了一组《毁家诗纪》，描述了妻子的“丑事”，曝光了许多本来难以启齿的个人隐私，尺度之大用今天的眼光来看也令人难以接受，一时成了大家争相传看的热点新闻。连郭沫若都说：“我们设身处地替王映霞着想，那实在是令人难堪的事。自我暴露，在达夫仿佛是成为一种病态了。别人是‘家丑不可外扬’，而他偏偏要外扬，说不定还要发挥他的文学的想象力，构造出一些莫须有的‘家丑’。公平地说，他实在是超越了限度。暴露自己是可以的，为什么要暴露自己的爱人？”

除此之外，郁达夫还酗酒狎妓，经常出入风月场所，有一次甚至醉卧黄浦江边，身上财物悉数被扒手偷走。

王映霞忍无可忍，甚至怀疑自己当初的选择，最终决定结束这段婚姻。

最后，郁达夫还在王映霞的一件衣服上写“下堂妾王氏改嫁前之遗留品”。

婚前爱你爱得要死要活的男人，婚后迅速变脸，这算不算是一部人生的惊悚剧？

我们选择一个人做爱人，只需要收下他的爱情就可以了，真没必要收下他的膝盖。

连自己都不尊重的人，你还能指望他尊重爱人？这种人当初有多狠地践踏自己，后来就会加倍狠地践踏爱人。

追求时越是把对方捧上九重天，把自己踩进烂泥里的人，在好不容易得到以后，要么生出极强的控制欲，要么生出一种补偿心理。总之，不找补一番，心里是不能平衡的，而且这个找补的期限，很可能是一辈子。

所以，千万不要和那个追你追得很卑微的人在一起。

如果在生活中不幸遭遇这种人，能躲多远躲多远，千万别招惹这种貌似痴情的“情种”，别玩这种心跳，别给自己的生活埋下没必要的隐患。

那种有分寸、知进退，爱慕别人同时也看重自己的人，才是真正的谦谦君子。

女孩子在情窦初开的年纪，会觉得有一个人为自己痴狂是一件很刺激的事情。等年纪大一点，经历了一点世事之后，就会明白有时候放手也是一种爱，就像歌里唱的那样，“你的世界就让你拥有，不打扰是我最后的温柔”。

当年金庸先生痴恋明星夏梦，化名“林欢”进入电影公司做编剧，为夏梦量身定制打造剧本。他追求夏梦两年，始终被拒，金庸明白，夏梦终究只能是自己的一个梦了，心中虽然无限惆怅，但还是选择退出，重新规划自己的生活，第二年就结了婚。

金庸先生不但为夏梦小姐倾心，还为对方倾墨，据说他笔下的“小龙女”“王语嫣”都有夏梦的影子。才子将心中的感情变成多情的文字，用笔描绘了美人的风采，也为无数读者带来了美好的享受，这不也是一个很好的结果吗？对于一个女人来说，这不也是一种深沉的爱吗？

你要的不是爱，是认可

一个女朋友告诉我，她老公最近要被外派到美国工作两年，临走之前，老公跟她商量抓紧时间生个二宝，她也同意了，结果她刚刚怀孕两个月，老公就坐飞机走了。

我问："老公不在，你是辞职在家养胎，请个阿姨照顾，还是让婆婆来帮忙？"

她故作轻松地说："不用啊，我照常上班，快到预产期的时候让他回来就行，婆婆在照顾外孙，走不开。"

我颇感不可思议，一个男人怎么可以在这种时候提出生二胎？自己跑到大洋彼岸，让老婆一个人承担怀胎十月的辛苦的同时，不仅得照顾六岁的大宝，还得照常上班。

她说："我也习惯了，以前，虽然老公在身边，大儿子的事他也几乎没管过，孩子幼儿园在哪儿，上了几个特长班他都不知道。怀孕那会儿，每次孕检我都是早早去医院排队，检查完再去上班，有时候也想让他陪我，但看他睡得那么香也就不忍心叫醒他了。”

我无语。

我的这位女朋友确实能干，大家都公认她又漂亮又能干，还会教育孩子。

但她毕竟是个女人，不是女超人。

虽然她获得了全家上下的一致认可，但把一个孕妇一个人扔在家里，貌似这家人有点不人道，对她缺了一点关爱和体贴。

培根说：“如果你所爱的人不是同样地爱着你，那么就必然是在暗地里轻蔑着你。”

这话冷酷吧？

可是，认可，不正是建立在爱的基础上吗？光说你好，却不对你好，真的很难让人相信这个人是爱你的，甚至会让人觉得，他只是在利用你的傻，乐得自己当甩手掌柜躲清闲，你越辛劳一分，他的人生就越安逸一分。

有一次出差坐高铁，邻座的一个宝妈带着两个孩子出门，期间聊起天来，宝妈告诉我，她与丈夫在北京开了一个小店，做建材生意。

丈夫像个长不大的孩子，整天只知道坐在柜台后面玩手机游戏，对生意一点儿也不上心。有时候顾客上门来买一个很小的配件，店里没货，丈夫嫌麻烦，想直接把顾客打发走，她总是留下顾客的联系方式，然后一家家地给供货商打电话问，甚至骑着电动车一家家地去找，尽量满足顾客的需要。

有一次，一个中年人来买一种特殊型号的水龙头，她费尽力气终于找到一个样品，连忙给顾客寄了过去，没想到这个顾客是个建筑商，立刻给她下了一个大单，小店当年就盈了利。

丈夫说她天生带财，运气好，索性把生意完全交给她打理，自己每天就遛遛弯、打打牌，偶尔给她打打下手。她说，他们那条街上的建材店，一般都是男主外，女主内，老板出去跑业务，老板娘在家里看店，只有她，每天里里外外一肩挑。每次她埋怨老公不作为，老公都会扔出一句话："不是每个人都像你运气那么好，你看我坐店里一天冷冷清清，你一来人气就旺得很，你有好运气，我有你就行了！"

每次成一笔大单，老公都会对她特别好，端茶倒水把她当老佛爷般的伺候着，可每逢店里生意冷清，老公对她就好像冷淡许多。所以，为了让老公多心疼自己，也为了把日子过好，她只好加倍努力，不敢偷一点儿懒。

"女人啊，要想家庭地位高，还得靠自己。"她感慨。

听起来她好像是在抱怨，我却听出一丝骄傲和自豪的意味。

其实在我看来，所谓的天生带财，不过是因为她态度热情，服务周到，有耐心，能吃苦。

丈夫和婆家人对她的那些认可、夸赞，什么旺夫啊，招财啊，贤惠啊，能干啊，无非都是吊在兔子鼻子前的那根胡萝卜，吸引着她一直不辞辛苦地向前冲，拼命干！

如果一个人在自己的观念中，把别人的认可等同于爱，那他的人生不累才怪呢。他会为了这份认可逼自己强大起来、优秀起来，变成无所不能的金刚，甚至会麻痹自己，忘记自己也是肉体凡胎，也有脆弱的一面，也有无力的时候，也需要别人的照顾和帮助。

在亲密关系中，有很多人常常傻傻分不清自己要的到底是爱，还是认可。如果一个人童年时期在原生家庭里，没有得到过充足的良好的爱，包括关注、认可、欣赏、赞美等，那么这个人在成长过程中，内心深处就可能一直有一个空落落的洞，需要大量的爱来填满。他们会偏执地认为，只有自己足够完美、足够优秀，别人才能认可自己，自己才能获得爱。

在外人看来，这种活法未免用力过猛。他们一往情深又无怨无悔，毫不利己专门利人，爱上谁，就像一块粘在身上的口香糖一样不离不弃。

在潜意识中，他们对自己能否得到爱并没有信心，甚至自己都无法肯定自己，怀疑自己不值得被爱。他们越是这样想，就越是要证明自己可以拥有爱。因此，当别人给他们一个认可的时候，他们常常会误认为那就是爱了，于是把自己的渴望和需求全部投射出去。自己稍微做得有些不尽如人意，又会担忧失去别人的认可，愈发惴惴不安，愈发用力过猛。

在他们无尽的奉献和付出中，别人常常也会无意识地被拉入这样一种认知和交往模式中，对他们的强大产生依赖，对他们的付出视而不见。

说起来，他们并没有错，只是活得太“懂事”了。太懂事的人，都活得苦，就像在薄冰上走路的孩子，永远绷着全身的劲儿，走得战战兢兢。要知道，真正的爱是没有条件的。我们之所以被父母、家人、爱人爱着，是因为彼此之间有强大的感情联结，尽管我们有缺点、有短板，有很多做不好、做不到的事，但他们依然温柔地爱着我们、守护我们，支持和帮助我们。

有一部电视剧叫《女不强大天不容》，先不讲剧情如何，光是这个名字就看得我一愣一愣的。女人不强大，天都不容了？强大是女人必备的属性吗？谁给我们套上的这副枷锁？

我一直觉得，女人最好的活法，就是认真生活，好好努力，争取做最好的自己但不强求完美，承认自己的缺点，与不完美的自己和谐相处。强大的内心来源于自我肯定和自我接受，如果内心深处缺乏这份自信，就会以别人的看法为风向标，活得没有方向。

强撑着强大，以获取认可的方式来索爱，终有一天会撑不住。人生很长，别对自己苦苦相逼。放松一点，以松弛和从容的态度来经营亲密关系才是长久之计。

合适的人天生就合适

经常在网上聊天的一个姑娘，在与男朋友去海南度了个小假以后，在 QQ 上告诉我，两人已经分手了。

问原因，她发过来一组照片，她穿着比基尼躺在沙滩上，张张看起来都像是死尸。仔细研究了一下，我发现这个摄影师似乎有点问题，他拍照完全不考虑光线、角度这些因素，也不看模特的头发是不是乱了，表情是不是不自然，完全就是闭着眼睛胡乱拍的。

我把这个感受说了出来，立刻引起姑娘的强烈共鸣。她说他们恋爱两年，他没有给她拍过一张好看的照片，他拍照从来都是扫一眼镜头，保证把人收进去了就算完。所以，他拍出来的效果，要么是人傻呆呆地站在画面正中央，像极了大头证件照；要么是人缩在一角，只有半拉身子；要么是令人惊悚的大特写，要么就拍糊了，五官整个一片模糊。

对于一个天生感情细腻还有点儿爱臭美的姑娘来说，有一个会拍照的男朋友是多么重要！因此，两个人为拍照这事儿总吵架，还摔过相机，后来男友对拍照都怵了，说是留下了心理阴影。

终于发展到最后的分手。

男友不会拍照，似乎是全世界姑娘都在吐槽的事，至于到分手的地步吗？

其实沙滩照只是一个导火索而已。两个人本质的分歧在于，姑娘是个讲究美感的人，小伙儿有点粗糙。他们在生活中的矛盾比比皆是，为一个沙发垫吵，为一个杯垫吵，为一条毛巾吵，为一支牙刷吵……姑娘觉得，东西既要好用也要赏心悦目，小伙儿觉得，实用就行，卖相无所谓。

除了审美不同，两个人对生活的理解、感受力等皆不同。基本上属于一个说“今晚月色很好”，另一个说“明天你可以晒被子”的那种类型。无论姑娘对小伙儿说什么，升职的成就感呀，买到打折名牌的小喜悦呀，偶尔怀怀旧或者心情不好有点小沮丧呀，小伙儿统统头也不抬地回一句话：神马都是浮云。

终于，他们的感情也成了浮云。

会不会有人为小伙儿鸣不平？大千世界，什么脾气秉性的人都有，有的人可能天生就粗线条，没有那么多闲情逸致。

是的，千人千面，性格迥异，所以，我们都想在茫茫人海中，遇到合适自己的那个人。

有的人，就算衣服都擦破了也擦不出火花来，就像砖头和玻璃瓶，能指望它们产生什么化学反应？

科学家说，异性相吸就是最简单的荷尔蒙作用，主导人类产生爱情感觉的物质是多巴胺。当一对男女互相喜欢时，丘脑中的多巴胺等神经递质会源源不断地分泌，于是两个人就有了爱的感觉。

如果有的人，千好万好，即便在外人眼里与你特别般配，但就是刺激不了你分泌多巴胺，能说他是合适的吗？

一个人喜欢什么类型的人，与其成长经历、教育背景、性格秉性、审美品位等息息相关，这种喜好是在一个人的成长过程中逐渐形成的，甚至可以说在冥冥之中早就注定了。合适的人天生就合适，不合适的人怎么磨合都是别扭，所以才有“强扭的瓜不甜”的说法。

这也是相亲成功率普遍不高的原因。相亲往往是拿一对男女的各项条件如年龄、外表、收入、学历等去互相匹配，可是爱情这个东西没有道理可讲，不是条件合适就可以组合在一起。否则我们无法解释，为什么爱德华八世会为了一个离过两次婚而且相貌平平的女人而放弃王位；作曲家勃拉姆斯为什么会爱上年长自己14岁还有一大堆孩子的克拉拉。

英国有句谚语，“It is not my cup of tea.（你不是我的那杯茶。）”——你再怎么芬芳馥郁，就是不合我的口味，能怎么办呢？

喜欢什么口感的茶，选择什么样的人相爱，是一道没有是非对错的选择题。

1970 年，一个英国式的夏天，23 岁的卡米拉在温莎大公园遇见了比她小一岁的查尔斯王子。

查尔斯王子是个有点拘谨的人，但是与卡米拉相识的第一天，他就开怀大笑起来。查尔斯的朋友回忆说：“从遇见卡米拉的第一天起，查尔斯的整个身心就被她彻底征服了，整个人显得有些魂不守舍。”

七年后，还是一个夏天，查尔斯受邀参加一次射猎聚会，与戴安娜不期而遇。当时，王子似乎没有动心，但戴安娜却对王子印象深刻。

其实在故事的开始，年轻貌美的戴安娜是很自信的，她曾经说过：“圣保罗宫举行盛大婚典的那天，缓步走在通往圣坛的红地毯上时，我努力在数百名熙熙攘攘的来宾中搜寻卡米拉的身影。我终于找到了她——她戴着顶浅灰色大圆帽，并未察觉到我正盯着她。我心里说：啊，总算见到你了！就让我们两个好好较量一番吧，看看最后谁会赢。”

故事的结尾，戴妃曾忿忿不平地向一位医生好友抱怨说：“我真是不明白，为什么我会输在这么一个烟不离手、满口大黄牙，还有头皮屑的女人手里？”

有人把这称为“戴安娜式愤怒”，意思是美女不一定总能赢。后来的事大家都知道，很快她的婚姻就出现一系列问题，最终与王子走到尽头。

在世人眼里，高贵的王子遇见了美丽的灰姑娘，结局自然是两人“幸福地生活在一起”，查尔斯与戴安娜的婚姻本应当是一场完美的童话。然而，王子却为了一个姿色平平的卡米拉辜负了明艳动人的“灰姑娘”。

就连查尔斯王子的父亲菲利普亲王都对戴安娜说过这样的话：“我无法想象一个头脑正常的人会离开你而选择卡米拉。”是呀，卡米拉凭什么——她比查尔斯还要年长，她离过婚，她不美，她凭什么？这个被媒体称为“年龄是戴安娜的两倍，容貌是戴安娜的一半”的女人，却是查尔斯王子做了半生的春梦。

2005 年，在卡米拉与查尔斯相识的第三十五年，她成了王子继戴安娜之后的第二任妻子。

卡米拉相貌平平，打扮也不入时，更像一个随随便便的家庭主妇。但她性格开朗，富有幽默感，与查尔斯兴趣相投，两人都喜欢乡村生活和体育运动，都爱好骑马和打猎。她的热情，驱散了他心头的忧郁，也许，她是第一个洞察到王子内心深处充满孤独感的人。王子爱她，或许就像诗人罗伊·克里夫特写的那样：**“我爱你，不光因为你的样子，还因为，和你在一起时，我的样子。”**

形容爱情，任何字眼，都敌不过“合适”二字。或许找到一个百分百契合的人不是那么容易，只要百分之八九十合适，就已经很难得了。可即使是这样，也千万不要勉强自己跟不合适的人在一起。不合适的感情就像不合适的鞋子一样，走一步疼一下，一辈子那么长，何必给自己上这种酷刑呢？

一味地付出其实是一种懒惰和绑架

我在一本小说里，看到一个故事：一个女孩从中学起就暗恋一个男生，为此女孩努力考上男生去的那所大学，毕业后又追随着男生来到一座城市，甚至在男生婚后还无怨无悔地当了他近十年的情人。

读者听完常常会觉得，女孩太傻，为了一个不爱她的人，为了一段没有结果的感情，付出太多。

但是，作家最后写道："如果我说，其实操纵着这段关系的，是一直付出的那个人，你信吗？"

在心理学中，有一个名词叫"情感绑架"。通过"我对你这么好，你都不可以满足我的需求吗？"的模式来让对方产生愧疚，进而达到控制的目的。"如果你真的爱我……""我为你做了那么多……""你怎么可以这样自私……"总是说这种话，利用你的感情、责任感和愧疚心理不断地向你提要求，操纵你、压榨你的人，往往都是最亲密的人。

因为对方“欠我的”，所以他无法离开我，否则就将背负巨大的愧疚感。在生活中，我们常常会看到这种用“你欠我的”模式与人建立关系的人。当孩子学习不努力时，妈妈苦口婆心，鼻涕一把泪一把地诉说自己这些年照顾孩子的不易，潜在的意思，就是在责备孩子“你欠我的”；两口子吵架，老婆跟老公一笔笔算这些年她为这个家做了多少贡献，她传递的信息是“你欠我的”。当他们在传递这些信息时，他们期待的是用这样的方式控制对方，满足自己的需要。

其实稍微清醒一点，就不难戳到问题的实质：就因为你爱我，我就要对你言听计从？因为你为我付出，我就必须要以违背自我意愿的方式去回报？因为你爱我，我就得受委屈被操纵？被一个人爱，应该是这么遭罪的事吗？

我有一个朋友，与自己母亲关系不好，母女俩经常冷战。母亲婚姻不幸，总把一句话挂在嘴边：“如果不是因为怕你没妈，我早就喝农药了！”

这个阿姨现在健康地活到了六十多岁，生活还是那么糟糕，没有什么改善。女儿都成年了，也当了妈妈，她还是动不动就拿那句令人糟心的话噎人。

生长在这种家庭的孩子真的很倒霉，仿佛一出生就背负了一种原罪——她要为母亲的不幸负责。

实际上，母亲的这种说辞，只不过是为了掩饰自己不敢面向未来，不敢改变现状的懦弱和懒惰。

一味地付出不仅是一种绑架，还是一种因为懒惰而滋生的逃避。

比起揭竿而起，对自己糟糕的生活说“No”，勇敢地跳出生活的泥淖，他们更愿意“一味付出”。因为相对来说，付出更安全、更省事，与其将自己置身于巨大的未知之中，去为了未来的生活披荆斩棘，还不如把自己的人生选择强说成为别人做的牺牲。这样既可以规避改变生活的风险，还可以让自己选择留在旧世界中的理由充满忍辱负重的悲壮气息，显得无比伟大。

可是，一个真正有爱的能力的人，一定会为自己的人生负责，让自己活得晴朗且明亮。他们会让身边的人感到温暖和舒适，而不是以爱的名义把大家都拉到阴雨连天的阴郁天空下一起淋得浑身湿透。

然而，以上还不是最可怕的情形，最可怕的是有的人明明没有被谁勒索，却被自己绑架了。绑架他们的，是他们自己曾经的付出。因为他们为某个人牺牲得过多，如果否定了这个人，就等于否定了曾经的自己，就等于让那些呕心沥血的付出变得一文不值。所以，为了不让那些已经发生且不可收回的支出，通通变成人生的沉没成本，他们宁可陷入不断付出以维持现状的烂泥潭中。

都说可怜之人必有可恨之处，这话的确有几分道理。人最大的心结，是眼里只有别人的错误，认同自己是受害者，却看不透所受的伤害往往都是自找的。我们口口声声说对方有问题，却又不愿逃离伤害，你能说这种痛苦完全与自己无关吗？大多数情况下，都是因为受害者自己病态地需要这段关系，为确保自己是受害者，不舍得放弃互相折磨、无法改善的恶劣关系，从而加重了自己的悲剧。只顾埋怨对方，却看不到自己给对方也带去了困扰和痛苦，不明白其实自己也是加害者，结果就是越痛苦越舍不得放手。何必呢？

无论是遭遇情感绑架还是被自己绑架，一旦陷入这个困局，就很难挣脱，人会变得不快乐、没有爱，不仅无法享受生活，心理上也要背负沉重的负担。

也许有人会反驳：我就是牺牲了人生的其他可能而为他付出啊，做的确实都是为他好的事啊，怎么就成了绑架了？那么，你可以摸着胸口问一问自己，这种牺牲真的是对方想要的吗？如果对方不想要，而你一味强加给他，那么又是为了什么呢？当对方没有做出你期望的反应时，你心里是什么感受呢？

回答完这些问题，相信我们已经可以感受到“爱”与“绑架”是完全不同的两种情感模式。绑架者是紧张的、虚弱的，内心有爱者是笃定的、放松的。

人活一辈子，一切都是自己的选择，谁也别为谁过度付出，谁也别总拿为别人的付出说事儿。打开自己心灵的枷锁，好好活出自己，不要让自己仅有的一生，变成一片迷雾。

谁都不该背负起另外一个人的人生

一只美丽的天鹅爱上了一只鸭子，她觉得这只鸭子是如此健壮、如此帅气、如此与众不同，于是天鹅向鸭子表白，受宠若惊的鸭子也欣然接受了这份爱。从此，天鹅就离开了蓝天和云彩，与鸭子一起生活在池塘边。时间长了，天鹅雪白的羽毛越来越脏，美丽的小脚也因为长期走路而红肿了。

有一天，天鹅终于忍不住了，提议说："鸭子，鸭子，你跟我学习飞翔吧，学会了我们就可以比翼双飞了。"为了天鹅，鸭子努力学习飞翔，可惜这毕竟是一只鸭子，偶尔在池塘边低飞还可以，想要像天鹅一样，高飞到天空中实在是太难了，它学了几天觉得坚持不下去，于是就放弃了。

后来，鸭子突然想到一个好办法，它说："天鹅，不如你抓住我，带我去飞吧。"于是天鹅抓住鸭子，扇动翅膀，吃力地飞上了蓝天。虽然只飞了一会儿，但是鸭子依然很高兴，它觉得天上的风景实在太美了，被云彩抚摩，被蓝天洗涤，这种感受它以前从来没有过，鸭子感到与天鹅在一起真是太幸福了。

从那天之后，鸭子每天都要求天鹅带着它飞，而且飞的时间越来越长，如果天鹅不答应它就会很生气。天鹅虽然身心疲惫，但因为爱着鸭子，最终总是会答应鸭子的要求。

直到有一天，鸭子又要求天鹅带它飞，天鹅抓住鸭子飞上了蓝天，这一次它们飞得很高，很高。突然，天鹅低下头深深地吻了吻鸭子，就在鸭子觉得不对劲儿的时候，天鹅松开了鸭子的翅膀……

无意中看到这个故事的时候，我觉得这简直是一则成人黑童话，让人读了心里很不是滋味，思索良久。

一个男人要与妻子离婚，妻子的第一个念头就是，男人有了婚外情。于是妻子拿出自己的私房钱，委托一个私家侦探调查真相，如果真有此事，就帮自己搜集好证据。侦探跟踪了她老公二十天之后，给妻子出了这样一份调查报告：你老公孤家寡人一个，不是在单位加班，就是回他父母家睡觉，要不就是回你们家拿换洗衣服，哦，他还去过两次KFC和两次咖啡店，不过，都是一个人边吃喝边看报纸……

妻子看完调查报告更蒙了：既然没有小三出现，他为何还要跟我离婚？

女人只好亲自与男人锣对锣、鼓对鼓，打开天窗说亮话。男人说：“你我结婚十几年，你在精神层面上一直是个单纯无知的少女。

我一路‘抱着你’走，实在太累了，我想歇歇。”妻子呆了，半晌，她才恨恨反问道：“刚恋爱时，你不是说就喜欢我单纯、不世故、坦率的样子吗？你还说，你要好好锻炼臂肌和胸大肌，准备抱我一生一世……”男人苦笑不已，现今的生存压力这么大，自己一个人扛到底已经很累了，还要负重前行，不是太不公平了吗？

进入婚姻后，在“女人还要不要独立自强”的问题上，着实发生过很多啼笑皆非的故事，我们的男主角们在讲述这些故事时，一致的反应是，“累，真累”“她有没有意识到我也是血肉之躯，无法帮她扛起所有的问题啊？”

有一种女人总心怀一种理直气壮的逻辑：因为我嫁给了你，为你生养了孩子，我婀娜的腰肢、脸上的红霞，都被你偷走了，我把青春献给了你，这份恩情你该如何消受、如何回报？你当然要好好挣钱，让我生活富足，脸上有光；除此之外，你在百忙之中还要照顾我的情绪感受，多关心我、多陪我；吵架了你要让着我，我有事情你得帮我解决。你为我做这一切只是因为——我嫁给了你。对一个女人用青春做出的巨额投资的收益，你必须全权负责！

可是，当初没有人掐着脖子逼你嫁给他啊？凭什么娶了你的人就好似欠了你，要一辈子做牛做马来回报？世界上不是只有一个女人，疲倦的男人也会思考，也会衡量，同时也会放弃。

没有谁该背负起另外一个人的人生，一辈子去考验男人的臂力，真的是一件残忍的事。无论在身体上、情感上、经济上，还是

精神上，女人都要学会对自己负责。我们的幸与不幸，都不能轻率地归因于其他人。

有一部很好看的，把婚姻问题刻画得入木三分的电视剧叫《结婚十年》，夫妻两人在十年间的事业发展总是此消彼长。在落差中，丈夫渐渐与聪明能干的工作搭档产生感情，夫妻间的甜蜜往事不足以维持现有的激情，两人在微妙的差异中渐行渐远。

心理学研究表明，对个人成长的满意度直接关系到对生活幸福度的认知。事业、爱人、孩子在生活中比重的失衡，会让夫妻间必要的情感交流日渐稀薄，致使婚姻面临内外夹攻的深层次危机。

由于个人成长的不平衡，双方在世界观、价值观、社交圈子和关注层面上的差异就会日益凸显。夫妻间的“高度差”产生的根源，其实只在一念之差。无非是谁爬上了山顶，谁在半山腰歇了脚。

婚姻是人生的新阶段，但是结了婚，并不意味着自我完善、自我成长的过程就可以结束了。如果婚姻中只有一方意识到成长和完善的必要性，就会造成双方的痛苦。生活告诉我们，这种痛苦非常普遍。如果婚姻中的双方不同步的话，你要么去引领另一个人成长，要么一个人独自成长，然后背着对方前行，跑完婚姻这场马拉松。

夫妻两个人一起成长是一种比较理想的人生状态。如果两个人渐行渐远，无法同行，那么也许就会缘尽。一旦两个人已经没有共同语言，无法沟通和交流，无法达成心灵上的默契，又如何谈共同成长呢？这种婚姻也必然是痛苦的。

夫妻既然叫作配偶，那么首先就要互相配得上。柏杨先生说得好：“这跟一辆并辔叹头马车一样，两位马先生必须平头地奔驰，才能前进。”如果其中一位马先生跑得累了，想歇歇脚、擦擦汗，或者索性栽了个谁都没话可说的筋斗，那就非翻车不可。但这也并不是说丈夫是个物理学家，妻子一定要明白相对论；妻子是个声乐家，丈夫一定要弹一手好钢琴。而是说，夫妻双方至少应有足够的知识水准，了解对方是干啥的。即使在工作上不能帮助对方，但在生活上及灵性上，也必须要有能力提供支援——最低限度，也别总让对方受累。

这个世界最美好的事情就是成长，如果一个女人能够喜欢自己而不惧怕衰老，是因为她始终在成长，她有能够跟时光抗衡的武器——她有自信，她看到自己的生命在不断绽放。

而一些女人看待婚姻的最大误区是，她们拒绝成长，认为老公照顾老婆是天经地义的事，是受良知和责任约束的。婚姻的责任和良知确实很重要，但是也不能过分夸大它的作用。一个女人对婚姻的把握不能仅仅靠良知和责任，你得自己有魅力，让自己的婚姻一直是一个活体，而不是成为一个约定。

有句老话叫“悔教夫婿觅封侯”，也能在一定的程度上说明这个问题。男人太高了，而你一厘米都没长，就只能抬头仰视他。习惯仰视男人的女人一定要切记，当你高昂着爱情的头颅仰视男人时，男人也正在俯视你。你仰视的角度越大，你们之间的差距就越大，爱情的基础就越脆弱。

婚姻需要爱情之外的另一种纽带，最强韧的一种不是孩子也不是金钱，而是精神上的共同成长。婚姻最好的保鲜方法就是共同进步，一方不断进步，另一方原地踏步，只会导致距离越来越远，出现分歧是迟早的事。

不要说这个世界残酷，也别怪故人心易变，要怪就只怪自己放弃了自己。张小娴有一篇文章，叫《谢谢你离开我》，她写道："你会感谢他的离去，是他的离去给你腾出了幸福的空间。"

而被放弃的那个人，像不会飞的鸭子一样，如果没有摔死，希望也都能如张小娴所说："当时的坠落，换来的是日后的提升。"

多谈几次恋爱，你才会遇见对的人

有人在“知乎”上问了这样一个问题：“为什么有些人跟男女朋友交往很多年都不结婚，在分手后却很快就跟新的交往对象步入婚姻？”

其中有一个高赞的回答，引发了很多人的共鸣，一个女孩说自己与前任谈了七年的恋爱，分手后遇到现任才发现，原来男人越有责任心，越有担当，与他相处起来才越发舒服。她觉得自己花了七年的时间都没看清一个人，直到和现任在一起，才知道爱情可以这么透明，这么有安全感，也才知道自己之前有多笨。

姑娘感慨：“有些人就是这样，你一味压低自己的底线，忍了那么多年，直到压死骆驼的最后一根稻草出现，他也没有任何改变。但有些人，一出现的时候，就已是你能期待的最好的模样。”

有一句话大家都耳熟能详，“初恋时我们不懂爱情”，大意是说初恋无限美好，却往往修不成正果。成长是需要时间的，年轻时的爱情之所以很难修成正果，大多数都是因为两个人虽然在对的时间相遇了，却没有长成彼此想要的样子。

这个世界上，能够一次恋爱就成功的人，实在太少了，大多数人可能都会经历一次甚至多次失恋。如果婚姻是一所学堂，那么恋爱就是学前班。

如果没有失过恋，有些人可能一生都弄不懂该怎么去爱一个人，一生都无法拥有一个成熟的感情观。

经历了一段段从认识到相爱再到分开的恋爱的磨砺之后，女孩们逐渐成熟，逐渐明白，她们的人生不能为了爱情而偏离主干道的方向，只有在主干道上遇到的人才是对的人。不要在结束后追问自己哪里做得不够好，失去也许正是因为我们给的太多了。

失过恋的人对待爱情，反而会更加豁达。

某电视台曾经做过一个类似行为艺术的节目，找来十对曾经的恋人，让他们对视十秒钟，并用摄像机拍下彼此的反应。

看到昔日的恋人，有人沉默不语，有人眼含泪光。在十对恋人中，只有一个女孩动手打了前男友一个耳光，其余九对都选择了释怀，甚至有人拥抱在一起。

失恋表面上看是一种感情的失去和伤害，实质上却是另一种感情的提前垫付。只要不彻底懈怠，你在这桩爱情上失去的东西，必然会在下一桩爱情中加倍补偿回来。一个经历失恋再走入婚姻的人，与初恋一路顺风的人相比，虽然无法判断二者的感情谁更幸福，但有一点可以肯定，前者的情感抗风险能力一定更强。

情场有时也像战场。兵法云：“将欲取之，必姑予之。”失恋是人生感情旅途中必然要付出的一笔投资，其目的在于让自己知道“真爱”之难得。失恋是一面“照妖镜”。从这面扭曲的镜子中，我们可以看到爱情或许不像之前想象的那么完美。然而一桩爱情的失败，大多数时候并不能说明当事双方的人品的好坏，它更多的只是说明人生有时很无奈，而正在“见习”爱情的你，可能对自己的性格和情感需求，以及对男人的内心世界还欠缺了解。不要憎恨那个让你失恋的男人，只要你们真心爱过，无论多久，你都应该感谢他给了你一次“真刀真枪”实战的机会。

其实，这个世界没有什么“孽缘”，真正的爱情最初是美好的，最后也可以很优雅地结束，关键是你能不能从中汲取精华。女孩都要成长，怎么去爱，怎么被爱，都是人生的必修课程。

有质量的爱需要磨炼，在问题发生时需要毅力，纠正错爱更需要勇气。因此，恋爱失败时就要遵守这种守则，检讨缺失，降低情路坎坷，使下一次的恋爱容易成功。

香港著名灵性治疗师素黑曾经说过：**“那些旧情人，都不是为害你而存在过的。他们的出现，其实也为给你清楚照镜的机会，看清自己多一点，是认识自我的过程。能在关系上毫无保留地跌一跤，教训必定难能可贵。这是旧情人的存在意义。”**

聪明的女人，把失恋当作成长，把男人当作老师。

很多女人失恋后都凄然说过：“我不会再这么爱一个人了。”可是这一切过去以后，生活还会继续，大多数人都会重新开始一段爱情。**张小娴说：“你以为不可失去的男人，原来并非不可失去。你流干了眼泪，自有另一个人逗你欢笑。你伤心欲绝，然后发现，不爱你的人，不值得你为他伤心。”**

这个男人爱你，很好。不爱了，没关系，你还可以拥有一片森林。

时间是最好的良药。终有一天，你的记忆不再怀念前任、牵扯往事；终有一天，你会释怀一切，大步往前走；终有一天，你会遇见对的人，看对的风景，迎来更美的生活。

真的，并不是之前遇到的人不好，只是我们在最好的状态时遇到的那个人，才是最好的缘分。

做更好的自己，是需要时间的。

你的阅历、你的见识、你的努力、你的坚持、你对爱情的体验和感悟，这一切终将全部变成你的内涵，让你自带光芒，引来更好的人注目，遇到更好的感情。

既然已经失恋了，就不要再失态了

几年前，好朋友失恋，带着狗住进我家。

相恋了好几年，准备谈婚论嫁的男友，突然抛下她回老家相亲去了。这样的打击，确实让人受不了。雪上加霜的是，不久前她还失业了。

一起出去唱歌，我声情并茂地唱了一首《别在我离开你之前离开我》，一回头，发现她早已泪流满面。

她忍不住给前男友打电话。两人都对着手机破口大骂，把对方的祖宗十八代都分别问候了几百遍，用对方的各种糗事、丢人事来互相攻击，句句如刀，字字扎心。

几天以后，前男友把她拉黑了。她转而给前男友的父亲打电话，开始老爷子还劝几句，后来也把她拉进了黑名单。

继而，她开始给前男友的同学、同事、前老板、现老板、七大姑八大姨，只要她能找到联系方式的，通通打电话控诉一番，告诉他们前男友是现代西门庆，超级大流氓，她曾为他堕胎七次，自杀八次……

这种用生命去“黑人”的做法，我也是服了。

这种疯狂行为在某一天戛然而止。因为前男友打电话来，警告她如果她再继续胡闹，就把她的私密照片打印出来，贴到她父母家的小区里去。

她扑到沙发上，哭得肝肠寸断。

我看着她要死要活的模样，真是爱莫能助。

大多数人，分手之前总是要互撕一番，不到把脸丢尽不算完。

更有甚者，撕起来没够，想起来就跳出来撕一下。

比如某女星，正与前夫撕得不可开交的时候，前前夫跳出来神补刀：“人生最大遗憾是遇见你，一生最开心是闪离！”

于是女星返回身来，与前前夫再撕。

谁关心你们谁对谁错，群众只想一边吃着手撕包菜，一边看着“手撕活人”。

你以为是在给别人抹黑，其实只是自己在抓屎涂脸。

科学家说，在大脑中，产生失恋痛苦的区域和产生恋爱幸福感的区域是一样的。失恋后，大脑会重新回到对热恋感觉的渴望中，但显然这个要求不能被满足了。于是大脑就会将这种信号放大，鼓励主人用各种方法来获得想要的东西，让人像得了“失心疯”一样丧失理智。而且这种反应，女人要比男人严重得多。

难道都是多巴胺惹的祸？

就像一个毒瘾颇深的人一样，失恋的人要戒掉前任，一时情伤难疗，急火攻心，都是难免的。

可是，旧日的恋情，覆水难收。李宗盛唱过“我认识的只有那合久的分了，没见过分久的合”，失去就是失去了，及时止损才是正事。现在你失去的只是一份爱情，如果没完没了地掰扯，真不知道你还会失去什么。

社会新闻里说，一对恋人分手后，两人都雇了打手打对方，而且都被打得骨折，双双拄拐。琼瑶剧里说，“没错，你失去了一条腿，可她也失去了半条命跟她的爱情！”这还不够惨，更惨的是，你不但失去了爱情，还失去了腿啊。

所以，给不了就回头，得不到就放手，放下包袱路好走，既然已经失恋了，就不要再失态了。

谁还没点故事呢？我们都爱过，也都散过。爱的时候越浓烈，散的时候越凄清。没人能帮你收拾残局，与其跪在一地狼藉上紧紧抓住往事的碎片握得手心出血，不如体体面面地转身，放弃已经失去的，争取还能得到的，留一个有尊严的背影。

好在，有些睿智的女子早早地明白了这个道理，她们的故事往往令人耳清目明，心头一震。

比如徐悲鸿的原配夫人蒋碧薇女士，就是我特别欣赏的一个女子。有人形容她是“高山巨瀑”，说她活得壮美，对待感情，有女人难得的爽利。

众所周知，蒋碧薇与徐悲鸿是通过私奔结合的。徐悲鸿曾是她家的座上宾，两人在客厅里一见钟情，徐悲鸿便托人捎话来说想带她走，她仅考虑了一夜，就毅然决定与他远渡重洋。

两人在欧洲经历了多年清贫的游学生活，后来回到南京定居。徐悲鸿受聘于中央大学担任教授，在苍天古树遮蔽的幽静处，他们有一栋洋楼，两个孩子，几个仆人，漂泊多年之后，这真的算是一份岁月静好的生活。

可是，徐悲鸿很快恋上自己的女学生孙多慈，他登报声明，说要与蒋碧薇解除“同居关系”。

言下之意，十八岁就随他远赴他乡，育有一儿一女的蒋碧薇，连妻子都算不上，至多是个同居女友。

爱情啊，你来的时候烈如焰，走的时候真是寒如冰。

蒋碧薇该怎么办？哭天抢地，指责负心男的始乱终弃，还是苦苦哀求，希望对方看在一对儿女的份上浪子回头，抑或撕破脸皮，也登报发一则声明，与前夫互撕？

她将徐悲鸿刊登启事的报纸镶在镜框中，挂在客厅最显眼的地方，命名为“蒋碧薇右铭”。

徐悲鸿与孙多慈的这段情事，终究没有结果。后来，擅长画马的徐大师想吃一次回头草，被蒋碧薇断然拒绝。

断了后路的徐悲鸿，又恋上另一个女学生廖静文，又登了一次报，再次声明早已跟蒋碧薇解除了“同居关系”。

这一次连女儿都忍不住写信问他："爸爸，你要是爱上十个女人，是不是要登十次报？"

徐悲鸿找了律师谈离婚，蒋碧薇也找了律师，要钱，要房子，还要徐为她画100幅画。

成为徐夫人的廖静文后来说，徐悲鸿为了这100幅画夜以继日，累得生了病，才会匆匆早逝。

那又怎样？还是那句话，每个成年人都得为自己的选择付出代价。

离婚那天，蒋碧薇约上友人，打了一夜麻将。

多年以后，回首往事，蒋碧薇在书中这样写："他让我自己摸索，自己奋发，终于得到了坚强的生活能力和自立的勇气。"

如果说，在蒋、徐二人这段往事中，我们看到的只是一个在遭遇感情重创时冷静自保、全身而退的女人，那么蒋碧薇人生的第二段感情经历，则真正体现出她洒脱的一面。

离婚后，蒋碧薇答应了暗恋她多年的张道藩的求爱，移居台湾。可是，张道藩是有妻女的，他常常为此事苦恼、纠结，寝食难安，在两个女人之间难以抉择。相伴多年之后，两人都年近六旬，有些事情到了不得不选择的时刻，张道藩最终还是选择回到妻女身边。蒋碧薇在给他写的最后一封信中，不仅没批判他背信弃义，反而祝贺他终于做出了这个决定。

有人认为，终归是张道藩抛弃了蒋碧薇，我倒觉得，是蒋碧薇自己萌生退意，对另一个女人让了一步。

她拒绝了张道藩的经济资助，余生靠卖徐悲鸿的画生活。该跟谁谈钱，该跟谁谈情，她拎得很清。

她曾在信中这样写道："我平生最喜欢放鞭炮，因为它一经点燃，便勇往直前，绝无退却，觉得有一种大无畏的精神，你说对不对？"她一向是有决断的女子。爱着的时候，好好在一起，散了，就放下执念，好好过自己的日子。

虽然这两个男人都没有陪她走到最后，但是在她晚年写的传记中，我们不难看出她对他们怨念很少，怀念更多，一字一句，尽显情深。

蒋碧薇爱的时候如火如荼，散的时候无怨无悔。

该伸手的时候毫不犹豫，该放手的时候痛痛快快。不会爱谁爱到飞蛾扑火，粉身碎骨，爱到找不着北，迷失了自己，也不会与谁没完没了地缠斗，搭上自己的大好年华。

我看过一篇散文，叫《分手时的那个箱子》，写一个女人与恋人分手，拉着一个超大的行李箱，几乎要拖不动了，佝偻着背，散乱着发，踉踉跄跄地离开。

这样一个背影，这样一种姿态，明明白白地告诉别人——我被抛弃了，我是一个实实在在的失败者。

记住，黯然的背影也要充满尊严。

失恋是最好的成长，离合是最好的锤炼。五味人生，悲悲喜喜都是难免的，无论何种情形，脚下的步伐不能乱，姿态不能不堪。人生是一场一个人的旅行，每个人都在路上，昂首挺胸走得漂亮，不仅仅是让自己的仪态更出众，更是让我们成为更好的自己，走出一条幸福的人生路。

去爱吧，像不曾受过伤害那样

“去爱吧，像不曾受过伤害那样”，看到这句话，一定有很多人第一时间想起那首诗：“跳舞，像没人看着那样；热恋，像从未受伤一样；唱歌，像无人听着那样；活着，就把人间当天堂。”

但是我瞬间想起来的，却是一部多年前的韩剧《我的名字叫金三顺》。剧中的女主角是一个胖胖的姑娘，叫金三顺。

“出生于小餐馆家的三女儿”，这就是她名字的来历。她讨厌这个有点土的名字，因为她本人就像这个名字一样弱爆了——三十岁的老处女，既不漂亮，也不苗条，没有好的家庭背景，学历也一般。走在大街上，马上就会被淹没在人群中，平凡得不能再平凡。

三顺交往过一个男友，两人热恋三年。但是，男友总是遮遮掩掩，不想被别人发现有她这个女友的存在，最终还劈腿了。三顺很受伤很受伤，所以她发誓，以后找男朋友的标准——一定要找一个能跟对方的家长介绍自己“这是我女朋友”，又能很自豪地介绍给自己的父母知道“这是我男朋友”的男人。对别人来说这或许根本不是什么难事，但是对于她，这个标准看上去好像太高了，高到遥不可及。

三顺有很多小毛病，如果在生活中碰到烦心事，她常常靠吃、喝、睡来释放压力。她喜欢吃冰激凌、炒米糕和米肠，还喜欢喝白酒，喝多了就会耍酒疯。但是她有一个最大的优点——活得真实、勇敢。她在接受现实的同时也憧憬未来，虽然有些自卑，但能正视自己的感情，可以为了自己认真地度过每一天。在遭遇了发胖、失恋、失业，房子将被抵债，现任男友的前女友回来抢男人等一系列挫折后，她还是能做到努力、勇敢，敢于直面“惨淡”的人生，敢于再次交付真心。

当年追这部剧的时候，我说三顺有点“二”，一起看剧的表姐告诉我，有点“二”的女人容易幸福。

这话我信，表姐就挺“二”。当年她在大学的篮球场上看见一个帅哥，就过去搭讪，要了对方的手机号码，当天晚上就给对方发短信“咱俩谈恋爱吧？”，帅哥回了个“好”，校园里著名的高冷男神就这么成了她的“囊中物”。后来我问姐夫何以这么轻易应允，他很无辜地说：“因为也没别人这么问过我啊！”听完我就吐了一口老血！

爱，真的是需要勇气的。

如果一个人在爱情面前，过于冷静，过于透彻，过于谨慎，过

于退缩，那么他注定离幸福很远。

一个秋天的下午，我去了一次位于北京城南的陶然亭公园。在那里，葬着一对情侣——高君宇和石评梅，他们的故事被称为“民国版梁祝”。

故事得追溯到很久以前。1920年，在北京山西会馆的同乡会上，石评梅与高君宇相识，他乡遇故知，两人都觉得分外亲切，经常通过书信往来，一有空还会相约来到北京南郊的陶然亭湖畔一起散步。在一次交谈中，高君宇对石评梅说，将来如果有一天他先走，希望能葬在陶然亭畔。

1923年秋，一个小女孩给石评梅送来一封高君宇的来信。信里只有一片火红的枫叶，上面用毛笔写着几行字：“满山秋色关不住，一片红叶寄相思。”这是一封求爱信，面对高君宇的告白，石评梅想了很久，最终在红叶上回复了这样一行字：“枯萎的花篮不敢承受这鲜红的叶儿。”

石评梅的拒绝事出有因。她曾经有过一个相恋三年的初恋男友，叫吴天放，一次偶然的机会，石评梅见到了吴天放的妻儿，原来她深爱的恋人竟是有妇之夫，而且一直在隐瞒和欺骗她。这一次失败的恋爱让石评梅柔肠寸断，受伤很深，使她对爱情充满了恐惧，完全失掉了爱的勇气。

高君宇也有一段包办婚姻，认识了石评梅后，他坚定地要摆脱封建婚姻的束缚。1924年，在高君宇的力争下，他那场名存实亡的婚姻最终还是画上了句号。同时，因被北洋军阀通缉，他必须离开北京南下，那晚狂风暴雨，高君宇被追击，虎口脱险后，匆忙去找石评梅与她告别，告诉了她自己已解除婚约的消息，石评梅嘴上没说什么，但心里已经下决心终身不嫁。

没想到，两人就此一别竟阴阳两隔。分别后的第二年，高君宇就因为中了一颗流弹及急性阑尾炎手术大出血等原因，在 1925 年 3 月 6 日辞世，时年 29 岁。按照生前的心愿，他被葬在陶然亭畔。

高君宇的去世给石评梅带来极大的打击，她后悔自己太不果断，没有与高君宇结合。她经常到高君宇的坟上痛哭、久坐。在高君宇的墓碑上，石评梅写着："君宇！我无力挽住你迅忽如彗星之生命，我只有把剩下的泪流到你坟头，直到我不能来看你的时候。"三年以后，悲痛欲绝的石评梅也随高君宇而去，年仅 26 岁。她留下遗愿：生前未能相依共生，愿死后得并葬荒丘。朋友们把她葬在高君宇墓边，完成了她的夙愿。

所谓"慧极必伤，情深不寿"，令人唏嘘。

年少的时候，读到这段故事，感觉十分凄美，生不能同衾死同椁，十分符合一个少女的浪漫想象。长大了以后才明白，悲剧就是把美好的事物撕碎给人看。一个人把自己活成了一个悲剧，岂不是辜负了这仅有一次的生命吗？

而我们后人，在掬一把同情泪的同时，也应该汲取一点经验教训，以免重蹈覆辙。

这滚滚红尘中，说起人间情事，有多少男女像被油锅炸过一遍？有几个人没受过伤，没失过恋？

在感情中，鲜有全身而退的人，每个人都会被撕扯下一些皮肉，痛得鲜血淋漓，痛到无法呼吸。一朝被蛇咬十年怕井绳，从此把自己保护得严严实实、把生命活成一场漫长的疗伤的人，只能说是个懦弱的怂人。

人与人之间的差距，不在于谁被狗咬过谁没被咬过，而在于面对伤痛的态度。

一个渣男就把你打倒再也站不起来，你未免也太看得起他，太看不起自己了。

他从你身上拿走过爱情，拿走过真心，都不算什么，如果拿走了你爱的能力和勇气，拿走了你对生活的热情，那才是你最大的损失。

害怕受伤，不敢再爱，就算能规避风险，也失去了生命的乐趣。

人活着，有两件最基本的事：饮食、男女。如果连爱都不敢爱了，那活着还有什么意思呢？

你勇敢，过去失败的感情就是座桥，把你渡给更好的人；你懦弱，过去失败的感情就是把火，把你的世界烧得满目疮痍、寸草不生，从此活在荒凉和孤寂中。

治疗情伤只有两样东西最有效：时间和新欢。

这是真理。

去爱吧，像不曾受过伤害一样！

不是人人都需要婚姻

有一段时间，演员俞飞鸿上了热搜，她被网友戏称为“老男人的照妖镜”，于是我去看了那一期节目。

一个著名主持人，一个著名作家，两个老男人轮番对俞飞鸿提问，句句暗藏机锋，每个问题都直指一件事：作为一个四十多岁的女人，你为什么还不结婚?

主持人问俞飞鸿：“你为什么这么长时间了，一直单身到现在呢？”

俞飞鸿说：“我不觉得这是个问题啊。对我来说，单身或者是另一面，婚姻嘛，我不觉得这对于我来说，是一个特别困难的选择题，我觉得哪个更舒适，就处在哪个阶段。”

在对人生的理解方面，两个男人与俞飞鸿显然不是一个段位的。俞飞鸿觉得，单身或结婚是个人选择，无论在什么年龄，这都不是一个需要被讨论的问题。对于单身，大多数人的第一反应就是寂寞，寂寞久了的人会容易产生精神问题，不结婚的人意味着不正常。俞飞鸿对此回答："我身边很多朋友，他们精神世界很丰富啊。女性单身就会不正常吗？"

然后，作家抛出了一个问题，这个问题简直就是大写的"蠢"，大意是，你一个人生活，平时就没有点一个菜不够吃，两个菜吃不完，开瓶酒喝不完这种麻烦吗？

俞飞鸿淡淡地说："我没觉得这是个问题。"

说到底，婚姻是一种社会关系，不是人的本能需要。婚姻承载了很多功能，但是像俞飞鸿这样的女人，她的能力和成功使得她对自己生活的承担远超一般人，所以婚姻的功能在她面前已经弱化了。说白了，就是俞飞鸿想要的东西，除了爱和陪伴，其他的已经不需要从婚姻中得到了。但是，得到爱和陪伴不一定非得通过结婚啊！大家不都说，婚姻是爱情的坟墓吗？

不知道男人们是真看不到这一点，还是不愿意承认，他们之所以不依不饶地用男权社会的那一套，用结婚与否来质疑一个女人的人生观，实在是自己内心怯弱的表现啊。

王菲和李亚鹏离婚的时候，李亚鹏说："我要的是一个家庭，你却注定是一个传奇。"

对于天后来说，自己永远是第一位的，按自己的想法活着最重要，其他的，通通排在后面。

在电视剧《我的前半生》里，罗子君被丈夫通知离婚的时候简直如丧考妣，仿佛天都塌了，因为婚姻就是她的命。

可见，婚姻对于每个人的意义是不同的。

有一次跟朋友聊天，感叹现在的明星怎么这么爱离婚呢。朋友说，不是明星爱离婚，而是明星敢离婚。

一个人活得越强大，对于他人、对于婚姻的依赖就越小，有没有婚姻，对生活的影响不大，不想在一起的时候，自然就不愿意将就了。从这个角度说，明星的生活，反而更纯粹。

长久以来，社会文化对于婚姻的描述，放大了人们对于婚姻的需求与渴望，这种长期的渗透，潜移默化地影响着人们对于生活的选择。

当大多数人都觉得每个人都必须要结婚时，经营亲密关系的重点可能就会放在如何顺利结婚。就像有句话说的那样，“不以结婚为目的的恋爱都是耍流氓”。

随着年龄的增长，大部分没找到合适结婚对象的人都会产生一种焦虑，担心自己这辈子会不会落单，合适的结婚对象会不会都被别人挑走，却很少有人认识到，**婚姻根本就不是人生的必需品。**

有多少人为了结婚而结婚，又有多少人为了维持婚姻强迫自己忍受不快乐的生活，更有甚者，仅仅是为了拥有婚姻的名头，结了离，离了结，根本就没有认真审视自己真正的需要。

冰冻三尺非一日之寒，在今天的社会环境中，喊出“不是人人都需要婚姻”的口号，确实稍显无力。要想拥有自由的生活，成为人群中为数不多的不一定需要婚姻的“人人”，我们还得先把自己修炼得更强大。到了有底气像俞飞鸿那样说一句“我没觉得这是个问题”的时候，结不结婚，就真的不是个问题了。

你的婚姻生活，不需要别人来定义

梅梅与老公冷战已经半个月了。起因是半个月前的一天，吃过晚饭梅梅让老公洗碗，老公赖在沙发上不想动，梅梅叫了几声不见回应，心头火起，抄起一只瓷盘子摔了个粉碎，两人便陷入了僵局。

梅梅的闺密们蜂拥而至，纷纷献计献策，大公无私地将自己的驭夫术倾囊相授。这个说：“太不像话了，刚结婚就对老婆这样，他指不定在外面有人了。”那个说：“爱情是需要保卫的，你要想办法保卫自己的爱情啊。”还有一个接着说：“再不听话你去他爸妈家闹，一定要把他的猖狂掐死在萌芽状态。否则，你们的婚姻就危险了。”听她们你一言我一语的，梅梅心中对丈夫的怨气也越来越多。在闺密们的大力怂恿和热血鼓舞之下，梅梅相当强势地处理了这件事，率先动手把一个耳光甩在老公脸上。没想到老公竟然提出了离婚，这下梅梅傻眼了。

痛定思痛，梅梅真诚地向老公承认了自己的错误，并向他忏悔自己不该盲目地听信闺中女友的“招数”。老公得知她是被几个女友“遥控”了，又气又恨地在她的额头上狠狠地戳了一下：“你怎么这么糊涂，清官难断家务事，怎么能别人怎么说你就怎么做呢？”

其实，在婚前，梅梅和老公就差点儿被闺密“拆散”。梅梅是个看重友情的女孩，几个闺密比她年长一些，社会经验也比她丰富一些。因此，同样的一件事情老公讲，梅梅未必信，但是闺密讲，梅梅绝对是死心塌地地相信。

有个闺密婚姻生活不太幸福，离过婚，对爱情、婚姻的看法也比较负面。梅梅快结婚的时候，与老公因为办婚礼“租什么样的婚车”闹了点儿小矛盾，梅梅一生气就跟这位闺密提了这茬事儿。这位闺密当即把梅梅臭骂一顿：“当初劝你什么了？那男人肯定不是好东西，这么小气的男人你居然还要嫁给他，这种婚姻注定百事哀……”弄得梅梅好几天都不接老公电话，婚礼差点儿“夭折”。

老公心里积怨难消，终于有一天，几个闺密又跑到梅梅家里嘀嘀咕咕的时候，老公冲过来说：“拜托你们先管好自己家的事，别管我家的事了。”

不要太听信别人的意见，很多情感都是被那些“情感专家”毁掉的。与老公出现矛盾时，向闺密讨教的本意是想通过向女友取经，来经营自己的婚姻。可是事实恰恰完全相反，有些“招数”真不能全信，不然一个不小心就有可能会毁掉自己的婚姻。

请记住：别人的经验取代不了你的人生。不要请别人当军师，也不要以别人为榜样。婚姻幸福主要掌握在自己手中，保持一种内心的稳定最为重要。

小麦与老公是大学同学，谈恋爱的时候，这个狮子座的男孩就表现得有点专横，但小麦却觉得自己就是喜欢他的这种“霸气”。两人大学一毕业就结婚了，是名副其实的“毕婚族”。结婚后，小麦在报社上班，老公考了研究生。小麦一直努力工作，维持自己和老公的生活开销，虽然偶有摩擦，却没有大矛盾，日子过得还好。三年后，老公研究生毕业，小麦觉得以后家里多个人挣钱，生活质量应该可以上个台阶了，可是没想到，拿到硕士学位的老公一直高不成低不就的，始终没找到理想的工作。虽然小麦心里也着急，但她依然任劳任怨地工作、生活两手抓。

一年多以后，老公终于找到了合适的工作，小麦很高兴，开开心心地生了儿子。本以为苦尽甘来，自己这次终于可以喘口气歇歇了，没想到老公工作刚稳定，就开始在网上和乱七八糟的女人聊天，用自己那点儿小聪明去“勾引”那些恨嫁的单身女郎。

有一次，小麦无意中看到他的QQ聊天记录里赫然写着那些肉麻的情话，以及对她的贬低和侮辱，她气得差点儿没晕过去。在聊天记录里，老公对别的女人说，自己对老婆是没感情的，跟她过也就是因为她能在他“创业”的时候帮他养家，帮他带好孩子。他甚至还对她们说，他和老婆已经分手了，说和老婆的性格不合，说老婆性冷淡……很多很多，唯一的目的就是博取其他女人的同情。最可恨的是，他竟然还在小麦带孩子回娘家看望母亲的那几天约别的女人来家里幽会。

知道这些后，小麦手脚冰凉，想想这个与自己恋爱三年，一起生活了五年多的男人的表现，她再也不想忍了，愤然提出离婚。

没想到，两口子闹离婚的消息一传出去，亲朋好友都上门来劝，婆婆哭得鼻涕一把泪一把自是不必说，其他人也劝：十年修得同船渡，百年修得共枕眠，离婚哪能如此草率，谁的婚姻不是磕磕绊绊的，为了孩子你就忍忍吧，你忍心就这么把家拆了吗……

小麦很郁闷，明明错不在她，怎么现在要拆家的那个人，反而是她了？

生活如人饮水，冷暖自知，别人的苦需要别人实实在在地去承受，上下嘴唇一碰，拿出“婚姻都是磕磕绊绊的”“世人打小儿就是这么过的”作为论据来不负责任地劝和不劝分的，都是典型的站着说话不腰疼。

生活中，每个人都是运动场上的运动员，谁都做不了别人的裁判，每个人都有自己选择生活方式的权利。作为当局者，在面对婚姻问题时，应该更多地从自身的情况和责任出发去做决定，而不是轻易地接受他人对自己思想和情绪的影响。

社会学家发现了一种现象，婚姻问题有时真的像“多米诺骨牌”

一样会传染。假如在一个朋友圈子里一对夫妻离婚了，那其他的夫妻也很有可能会离婚。或者是，一个人委曲求全，大家也都委曲求全。这说明，人在社会相处中是容易相互影响的。

当婚姻出现危机，彼此都不再信任对方的时候，会感觉整个婚姻都不在自己的掌控之中，觉得自己目前拥有的一切随时都会告吹。此时，婚姻对他们来讲是不安全的。于是，为了寻求安全感，大多数人会本能地向周围有类似婚姻问题的人群寻求帮助，希望找到解决问题的办法。所以，当被求助一方的大多数人找到一种解决婚姻危机的“安全”办法时，其他人难免会效仿。

托尔斯泰说：“幸福的家庭都是相似的，不幸的家庭各有各的不幸。”每个家庭都有自己的个体情况，别人解决婚姻问题的方法未必能套用到自己的婚姻上。因此，你的婚姻生活是好是坏，并不需要别人来定义，更要拒绝别人掺和。

生不生孩子，只能由你和丈夫来决定

生孩子这码事该由谁来决定？这个龙门阵，我的一个同学阿琳，相当有资格来摆一摆。因为她就是传说中的由坚定的“丁克”族，最后成为“白丁”族的那一类人。

不想生小孩的决定是恋爱时就跟老公谈好的，当时老公也同意了。老公单位有外派的制度，每个人随时都有可能被派到国外工作，也许与这个因素有关，所以老公身边的很多同事都是“丁克”族，耳濡目染之下，老公觉得“丁克”也蛮好的。

然而，阿琳这边却很快就遭遇了史上最激烈的催生运动。两人刚度完蜜月，居委会的热心阿姨就隔三岔五地打来电话：“打算什么时候要宝宝？来听一下优生优育的课吧。你们小夫妻现在用什么方法避孕呢？”逼得阿琳在公司的格子间里回答“安全套”三个字时也面不改色。

每逢家庭聚会，七大姑八大姨一见面就盯着她的肚子看，恨不得能看出个花来。

结婚三年以后，不但亲戚朋友冷眼旁观，就连亲妈都不淡定了。

她妈常常恨铁不成钢地教导她：“你身体还行吗？没事少熬夜，天天吃垃圾食品能怀上孩子吗？”

婆婆更是恨不得每周给她做一次十全大补餐，鸡、鸭、鱼肉等各色菜肴摆一桌子，营养搭配得极讲究，隆重得像接待外宾。

每次她表达感恩之情，婆婆都大度地说：“没事没事，过去在农村，母鸡下蛋的时候还得添点好料呢！”

什么情况这都！！！

逢年过节，亲友送的蜂王浆、鹿胎膏都能塞满一柜子。大家都讳莫如深却又意有所指地说：“调理调理，调理一下总是好的，呵呵。”

虽然阿琳不是一个会被别人操纵生活的人，但被人如此密不透风地关注着自己的私生活，这种感觉确实令人不爽。

转变发生在第四年，有天阿琳给我打电话，突然说：“有点想生一个孩子了。”

“扛不住了？”我幸灾乐祸地调侃她。

“不是，”她说，“因为对生活的理解发生了一点转变。不是有那么句话吗？没抑郁过，不懂得什么叫真正的绝望；没生过孩子，不知道什么叫真正的疼痛。”

“没听懂，你是抑郁了，还是想疼痛？还是说，没生过孩子就不懂得人生？”

“都不是，我只是想在有限的生命里尽量拥有各种体验，因为生命毕竟是个一次性的奢侈品，最后走的时候，花园洋房、钱什么的，啥也带不走，能带走的只有自己一生的体验。”

“说得好像您有花园洋房似的。”

调侃了一会儿，我们挂了电话，但是她的想法，我非常理解。

阿琳是一个有主见的人，如果她决定生一个孩子，一定是出于自己的本心，而不是受其他外界因素的影响。

最重要的是，在这种人生大事上，她能跟老公达成一致。生或者不生，都是两个人慎重考虑的结果。

“生养一个小孩”这个决定，是夫妻俩经过认真的思考和讨论共同做出的。孩子出生以后由谁带、学区房的问题怎么解决、教育基金如何储蓄等，他们都是有计划的。因此，他们是以充沛的感情和理性的规划来迎接自己的孩子的。他们完全明白，生孩子自始至终都是自己的事，与任何人无关。

不是说必须得给生孩子这件事找一个理由，你是“体验式生子”“养老式生子”，还是“爱情结晶式生子”，这些都不重要，大多数人生孩子不需要理由，重要的是“生”或者“不生”，是否都是出于自己的决定。

不是所有人在生孩子这件事上都能做到像阿琳这样思路清晰，有多少夫妻在催生压力面前丢盔弃甲，把日子过得焦头烂额。

以前看过一个电影，女主角被婆婆催着生孩子催到崩溃，恰巧老板交代了一个重要的项目，许诺她只要她把这个项目做完就给她升职。“生”还是“升”？她面临两难的选择。两个选项都很难舍弃，冥思苦想之后她有了一个两全之策，因为新项目需要一年多的准备时间，如果她能在一个月内迅速怀孕，那她就可以趁怀胎十月的时间做好准备，然后她就可以休产假了，休完产假回来正好开展新项目。这个计划非常完美，几乎可以说无懈可击。然而，计划虽好，但是要在一个月内怀孕却是一个相当有难度的任务。时间紧、任务急，她和老公百般折腾，排卵试纸买了一大堆，天天含着体温计测温度，各种补药、补汤不离口，结果天不遂人愿，在关键时刻，她老公竟然因为压力太大而疲软了。鸡飞狗跳地忙活了一场之后，她不但没有顺利怀孕，还被别有用心的同事趁机夺走了升职的机会。

很多人难以放松下来都是因为这种情况，生活、工作两头挑，需要兼顾的事太多，按下葫芦浮起瓢。

其实，越是这种时刻越要头脑清醒，尤其是在生孩子这种人生大事上，怎么可以让别人来安排你的时间表呢？

有一个非常著名也非常无聊的问题，想必很多男人都遇到过：我和你妈同时掉进水里，你先救谁？

忘了在哪儿听到过一个答案：如果在生孩子之前，我会先救我妈，因为她是我妈；如果在生孩子之后，我会先救老婆，因为她是我孩子的妈。

为什么？没有为什么，如果非要问为什么，只能说这是人的本能吧。

上帝给我们设置的很多属性，都是为了保证人类的繁衍。在养育孩子这件事上，只有老婆是最有力的战友，所以男人会下意识地选择救他孩子的妈一点儿也不奇怪。

没生孩子之前，你以为会有很多人帮。

“早点儿生，趁着我们还不太老，帮你们带一带。”

“生一个吧，权当给他爷爷奶奶当‘玩具’。”（这是我这辈子听过的最大的玩笑。）

“就借你的肚子用一用，十个月后你该干吗干吗去，孩子不用你操心。”

类似这样的话，很多遭遇过催生的人都听过。他们都有一个感慨，生之前，似乎身后站着一个庞大的亲友团，真生出来你就会发现，别人基本上都是打酱油的。

不是人家不能兑现承诺，而是生一个孩子出来，真的不止换换尿布、冲冲奶粉那么简单，从孩子出生到孩子三四岁这个阶段，确实累人，而且那还只是万里长征的第一步。俗话说，养儿一百岁，长忧九十九。一个孩子的成长，既有普世的规律，也充满无数个体的问题，幼儿园、升学、青春期……每一步都面临着无数的难题和巨大的责任，在这个过程中，别人不断慢慢退场，只有父母不但不能“下班”，还要联手作战，同心协力把孩子抚养长大。

这个过程苦乐交织，巨大的辛苦和巨大的幸福，也只有为人父母者才能体会。

把一个生命带到这个世界上，是夫妻两人的工作，也只有这两个人能对这件事负全责。

蔡康永说：“所有人设都有下班的时候，只有父母这个人设是不下班的。”

所以，生不生孩子，只是夫妻俩自己的事，旁人，谢绝发言！

你不必成为婚姻的守护者

阿丽是个全职太太，有一天逛街，路过老公工作的地方，突然心血来潮想要进去看看。她老公是个大学老师，当时正在上课，阿丽就坐在老公的办公室里等他。等得无聊，看见老公的电脑开着，就想上上网，没想到一打开桌面，就发现上面有个奇怪的文件夹，名字是“昆明记忆”，“老公什么时候去昆明了？”阿丽随手点开文件夹，不禁惊呆了。里面是老公和一个年轻女孩的合影，背景正是云南的山水美景。

一时间，阿丽心里百感交集，五味杂陈。她从老公和那个女孩对视的视线中，看到了一种叫爱情的东西。他们看起来如此亲密，又如此默契。阿丽在和老公十年的婚姻中，从未在老公脸上见过这样的神采。阿丽从那些光彩照人的照片中就能感觉到，他们并不是逢场作戏，而是有感情的。

在外人眼里，阿丽的老公是个好男人，事业有成，人品出众，是个好丈夫、好父亲，但是有些事情只有夫妻两人能感觉出来。虽然两人一直相敬如宾，但只是像亲人一样在一个屋檐下生活，依靠善良的本性和对家庭、对孩子的责任感维持着婚姻。阿丽知道，他从来就没有爱过她。也许他们的婚姻从一开始就是个错误，但是两个人心照不宣地，或者说小心翼翼地共同选择将这个错误维系下去。虽然老公在竭力掩饰自己对婚姻的不满意，但是阿丽能感觉出他的压抑、隐忍和不快乐。

阿丽想了整整一个月，想通了以后，她主动找老公深谈了一次，老公也没隐瞒，说出了他与那女孩的事。阿丽平静地说："我们离婚吧。"

老公同意离婚，孩子和财产方面也没有什么纠纷，两人很快就办妥了离婚手续，算是给十年的婚姻画上了一个还算圆满的句号。

阿丽说，虽然他们离婚了，可回顾十年的婚姻生活，她并没有怨恨，更多的反而是感谢。她感谢丈夫在遇到了心动的人之后，没有义无反顾地离开，而是继续留在这个家里。这对于他的人生来说，其实是一个很大的牺牲。

亦舒在一篇小说里说过："我们爱的是一些人，与之结婚的，是另一些人。"

生活是复杂的，总有一些人出于各种各样的原因与"另一些人"结了婚。如果有一天你发现，在婚姻中，原来你才是"另一些人"，该怎么办呢?

生活中，确实没有几个女人能做到阿丽这样，一旦发现对方不爱自己就果决地离开。不知道什么时候，也不知道到底是谁给“婚姻”这个词，安上了“守护”这个定语。似乎女人一结婚，家就不但是个生活的地方，同时也变成了战斗的地方。

女人要守护婚姻，要防范外敌，要时刻警惕，要防微杜渐，以保自己的生活平安无虞。“守护婚姻”成了女人在照顾家人，养育孩子之外的另一大使命。

殊不知，如果伴侣无法给你安全感，其实婚姻的质量已经堪忧了。如果用尽全身解数守住的也只是婚姻的壳，而内里的核早就没了，又有何意义呢？然而，很多女人即使心知肚明，也还是要装聋作哑。毕竟，即使只剩下了壳，也还是可以为她们遮风避雨，保她们衣食无忧。

人都有过安稳日子，好好活下去的本能。苦苦维系婚姻，本质上是一种人生路上的挣扎求生。

同样都是求生，还有没有更好的出路？

诗人徐志摩的感情经历，这么多年来一直被后人津津乐道。为什么呢？

我觉得主要是因为与他有过情感纠葛的三个女人不但声名在外，而且性格迥异，对待感情的态度也截然不同，所以三段感情的走向也完全不同。她们每个人都是一种类型的代表，都能给后人以启迪。

三个女人中，张幼仪是徐志摩的原配妻子，他们的婚姻持续了七年。她出身于书香门第，接受过良好的教育，却始终不得徐志摩的欢心。她与徐志摩的婚姻，用男方的话来说就是“媒妁之命，受之于父母”。

第一次见到张幼仪的照片，徐志摩便不屑地说：“乡下土包子！”婚后，徐志摩对她仍旧是这种满不在乎的态度。用张幼仪自己的话说：“除履行最基本的婚姻义务之外，对我不理不睬。就连履行婚姻义务这种事，他也只是遵从父母抱孙子的愿望罢了。”

在两人生下长子后，迫于家庭压力，在国外留学的徐志摩把张幼仪接到了国外。刚刚与丈夫团聚的张幼仪没有想到，此时的徐志摩正在疯狂追求林徽因，并且很快就向她提出离婚，而当时的张幼仪已有两个月的身孕。徐志摩得知后，不但不为所动，还指示她：“把孩子打掉。”张幼仪担心打胎会有危险，徐志摩竟说：“还有人因为坐火车死掉的呢，难道你看到人家不坐火车了吗？”

张幼仪不答应打掉孩子，也不同意马上离婚，徐志摩竟然一走了之，把她一个人撇在沙士顿。次子出生后，张幼仪不得不与徐志摩在柏林签字离婚。这是中国史上依据《民法》的第一桩西式文明离婚案。签好离婚协议后，徐志摩跟着她去医院看望了小儿子，“把脸贴在窗玻璃上，看得神魂颠倒”，但是他始终没问张幼仪准备怎么养孩子。

在与徐志摩一起生活的时候，张幼仪怕离婚，怕受到丈夫的嫌弃，无论是出于家族的压力还是自身的愿望，她都想竭力守住自己的婚姻。事实上，她也确实为这件事努力了一辈子——即使在她失去徐夫人的身份之后。

被抛弃后，她仍然在为徐志摩支付感情。回国后，张幼仪认徐志摩父母作干爹干娘，照样服侍前夫的双亲，前婆婆在她那里“各事都舒服，比在家里还好些”，并且精心抚育她和徐志摩的儿子。台湾版的《徐志摩全集》也是在她的策划下出版的，为的是让后人知道徐志摩的著作。到最后，徐志摩乘飞机不幸遇难，连后事都是她一手料理的。

当时，徐志摩爱过的另外两个女人，一个托人到现场拣一块飞机残骸挂在床头作纪念，另一个则闭门不出，拒绝接受事实。

张幼仪送走前夫最后一程，在以后的日子里，还不断接济他的遗孀陆小曼。

可以说，张幼仪为她的婚姻，为这个男人守护了一辈子。离婚以后，她仍活在自己制造的隐形婚姻里。

她又得到了什么呢？

纵然徐志摩非常感激她，但终生不曾承认过爱她。这并不是说谁不爱谁就是错的，而是遇到不爱你的人，就算你做得再多，也于事无补。不爱就是不爱，又能怎么办呢？

张幼仪明明白白地知道徐志摩不爱她，那么她对他的感情到底如何呢？有人问她爱不爱徐志摩，她是这样自述的：“你总是问我，我爱不爱徐志摩。你晓得，我没办法回答这个问题。我对这问题很迷惑，因为每个人总是告诉我，我为徐志摩做了这么多事，我一定是爱他的。可是，我没办法说什么叫爱，我这辈子从没跟什么人说过‘我爱你’。如果照顾徐志摩和他家人叫作爱的话，那我大概爱他吧。在他一生当中遇到的几人女人里面，说不定我最爱他。”

作为一个妻子，她大概可以被冠以“贤惠”之名，但作为一个女人，这可能是一种糊涂的感情观。

后来张幼仪为自己打了一个生动的比喻：“我是秋天的一把扇子，只用来驱赶吸血的蚊子。当蚊子咬伤月亮的时候，主人将扇子撕碎了。”

如果说张幼仪的婚姻悲剧是受时代的束缚，像很多旧时女子那样一旦嫁人，便一生都不得不依附于这个男人和家庭，那就错了。事实证明，张幼仪做得到独立、自强。离婚后她进入裴斯塔洛齐学院学习，专攻幼儿教育；回国后她开办云裳公司，主政上海女子商业储蓄银行，成为令人瞩目的新女性。这一桩桩一件件，你能说她是完全依附于男人而活的女人吗？

但是，她还是为一种自己都认不清楚的感情付出了几乎整整一生，直到三十年后才再次结婚。

这样的一个女人有令人尊敬的地方，同样也有让人不理解的地方。男人、女人都可以享受选择的权力，同时也保持着被选择的姿态。女人在众人面前流下泪水，别人会给予她多少真实的同情呢？选择是双向的，你完全可以走啊。你不走，那就说明是你自愿的，怪不得别人。

如果人生可以重来，给张幼仪一个重新选择的机会，你觉得她会怎样做呢？回顾张幼仪的一生，她在事业上无疑是非常成功的，或许她唯一需要改变的，就是早点走出旧的情伤，享受新的感情。

用尽一生的精力去守护已经易主的土地，不如及时调转马头，重新开疆拓土，寻找自己的新天地。

或许人人都不愿轻易放弃已经握在手里的东西，去追求一个遥远的未知，但如果你们缘分已尽，还是及早放手为好，否则只会伤人伤己，既没有美满的结局等你，又白白蹉跎了似锦年华。

缘尽难再续，如果张幼仪能像徐志摩写的那样，“轻轻的我走了，正如我轻轻的来；我轻轻的招手，作别西天的云彩”，那么作为一个女人，她的一生是不是能更幸福一些？

好的婚姻，需要两个人共同经营，白头到老不应该是个目标，更不能是个目的，而应该是两个人发自内心的愿望。婚姻这种东西，必须要历经漫长岁月的洗礼、平淡日子的考验方得真谛。仅凭女人一己之力来守护，即便守住了，怕也要心力交瘁。

“马太效应”无处不在，有时一个人拥有的越少，手里的东西反而越会被夺走。一个人越是倚重婚姻，婚姻就越容易出现危机。

最好的防守就是主动出击，你不必时刻担任婚姻的守护者角色，只要好好经营自己的人生就好。生活一旦有了更多的保障和选项，婚姻自然可以固若金汤。

在电视上看到记者采访刘嘉玲，说像梁朝伟这样人人都爱，其实并不一定好相处的人，在生活中怎样才能驾驭呢？

刘嘉玲说，对丈夫，最完美的控制，就是不控制。

同理，我觉得，对婚姻，最完美的守护，就是不守护。

心灵自由，肉体才会青春

我有一个特别厉害的本事，就是猜人的年龄特别准。

一个做化妆品销售的朋友，有一次得意扬扬地拿出几张照片给我看，想显摆客户用了她们的产品效果多么神奇，今年二十明年十八。

“就这个，”她指着一张照片说，“不老辣妈，你要能猜到她多大我服你！”

“三十五。”我平淡地说。

“这个呢？冻龄美女。”

“四十左右。”

“再看看这个，是不是少女感十足？”

“三十摸边儿。”

“嘿，你怎么看出来的，我怎么觉得看起来都像二十五的？”

秘诀只有一个，不管她们是真的保养有术，还是动了刀打了针，或者把照片P得连亲妈都认不出来，脸上总有一个地方瞒不住年龄，那就是眼神。

永远不要指望一个三十岁的人，有二八少女的眼神。

过往的岁月，都写在眼里。

什么样的人，才会真的由内及外地显得年轻呢?

如果说青春有张不老的脸，我觉得把自己称为“老徐”的徐静蕾才算是当得起。

一位作家这样描述她：“她身上那股活灵活现的少女气质，能冲破任何既定的条条框框，随时准备好给世界带来惊喜。”

年过四十的徐静蕾，看起来确实还像个文艺女青年一样，这么说来，时光真的特别温柔地照拂着她。

我看过她为了宣传电影做的一个访谈，她这样说自己：“我觉得自己很幸运，在这样的年纪，还能过自由自在的生活，可以有很多时间做自己喜欢的事情，不用为了钱焦虑，也不用为什么事儿特别着急……”

可能二十岁的人听了这段话会无感，但是我感触很深，大多数成年人的生活，如果能同时达到这几条，那简直就是上辈子拯救了整个银河系。

有人说，徐静蕾的生活可以用三个词来形容：不被束缚，自由广阔，人间冒险。

真的是心灵自由，肉体才会青春。

我加入过一个健身打卡群。里面的人都很拼，有一个月练出马甲线的，有坚持瑜伽健身十年以上的，有精通养生美容知识的，有保养品堆成山不差钱的……

视频里的她们，确实都很美，状态很好，容光焕发，但是难掩满满的熟女气质，并不比实际年龄显得年轻多少。

从她们刷屏聊的那些话题中不难看出，她们把大量的时间和精力都用于捯饬脸，不停地像个小白鼠一样试验着各种医美手段，个个都是美容狂人，不美毋宁死啊！

我看过一个电影叫《女伯爵》，据说是根据真实事件改编的。剧中的巴托里伯爵夫人出身名门，但她同时也是历史上杀人数量最多的女性连环杀手，被称为“血腥伯爵夫人”。她相信处女的血液能使她保持年轻，因此痛下杀手。她发明了很多稀奇古怪的机器，放在城堡的地下室里，用来提取处女的血，供自己沐浴或者饮用。据说有几百个女孩被这位女伯爵杀害，她的城堡附近，扔满了少女的尸体。

真是令人毛骨悚然。女人为了年轻，可真是什么事都干得出来！

强撑着美，是一种执念。人有任何执念，都是一件很累的事。

一代文艺女神安妮宝贝（现在改名叫庆山）说过一句话：“不把自我认知局限在肉身与色相上。”

本来是为了追求年轻，却反而被这个愿望束缚住了心灵，岂不是得不偿失？

杨澜说：“所谓对自己好一点，不只是美个容、喝杯奶茶什么的，更是应在心理上对自己多宽容、多肯定。”

2012 年春晚，“孔雀女神”杨丽萍再度亮相，一曲《雀之恋》舞得令人惊艳，让人不得不感叹世上真有“不老女神”这一说。杨丽萍本人对自己的外表和身体状态也很自信，她告诉记者，经过科学检测，已经年过半百的她，身体年龄只有 35 岁。

记者问她：“你是为了舞蹈才不要孩子的吗？”她回答说：“有些人的生命是为了传宗接代，有些是享受，有些是体验，有些是旁观。我是生命的旁观者，我来世上，就是看一棵树怎么生长，河水怎么流，白云怎么飘，甘露怎么凝结。”

她说：“我生活得很舒服。很多人都认为我的童年生活太简单、太严实，其实我觉得那种生活很美。你想想那时我们用清泉去做饭，用清得见底的河水洗菜，你种下一颗种子它能长出巨大的南瓜，这个过程多美啊！”

真正的智者，都懂得享受生活本身的样子。杨丽萍是个心灵自由的人，虽然她的舞蹈很柔美，但是她的意志却很刚强。她认可自己，也认可自己的活法，没有纠结，没有摇摆，就是这么自由、坦然地活着。这样的人，时间就在她们身上放慢了。

所以，不老传说常常发生在心灵自由的女人身上，尽管我们不过分强调外表，然而外表表露的往往也是一个人的内心。

三十岁后，气质比长相重要

说到气质，我脑海中最先浮出的记忆并不是哪位美女俊男，而是一位老人。

那还是我上中学的时候，学校门口有一间收发室，无论冬夏，都是一位头发花白的老人在里面值班。夏天的早上我去学校晨练，看见她在操场上一招一式地打太极，等我跑完步，她也练完了，坐在门口休息，手里端着一个剔透别致的玻璃罐子，里面是刚泡好的碧绿的新茶。她总是穿着一尘不染的白布褂和烟灰色的裤子，裁剪极为合体，显得腰身还很纤细。而褂子上的盘扣，竟然是她自己动手做的。

晚上下了晚自习，我推着自行车路过收发室，从窗口看进去，老人正在暖黄的灯光下有模有样地练书法。窗台上整整齐齐地摆着很多柳条编织的盒子，里面分门别类地放着老师和学生的信件。这些盒子都是老人手工编织的，用来装信，好像信封上都沾染了春天的气息。

当时我说不出老人有什么魅力，只觉得她与众不同，仪态特别美，衣着特别整洁，屋子里有很多别致的工艺品，写一手漂亮的字，说话轻声慢语，态度可亲。在书声琅琅的校园里，有这样一个老人，似乎时光都变得静美悠远了。

过去了这么多年，老人的样子早已模糊了，但她身上那种卓尔不凡的气质，却深深地留在我的记忆里。

一个做 HR 的朋友告诉我，很多企业在招聘的时候，往往把面试地点设在一个很大的房间里。求职者从进门到走到面试官面前，要有一大段距离。这样设计的目的，就是观察求职者的气质。

她说，可以通过一个人的气质推断出很多东西，比如经济背景、性格、感情、精神状态、生活习惯等。“要想面试成功，气质是很重要的。有时候，我们看一个应聘者走上前来时是否从容、优雅，就能决定是否录用。”

另外一个朋友给我讲过一件事情。

她就职的企业是一家规模很大的上市公司，董事长想要请人写一本企业传记，前来洽谈的图书公司很多，最后他们锁定了两家，一家在业内赫赫有名，位于杭州，曾为很多知名企业写过书；另一家规模稍小，但是经验也比较丰富，而且就在北京，沟通交流起来比较方便。

她公司的领导在一上午的时间里先后约谈了他们两家。杭州那家为了赶时间，见客户那天乘坐的航班是早上4点的“红眼航班”，落地后一行人很是疲惫，没来得及休整就匆匆前来，整个团队看上去精神有点儿散，状态都不太好。北京的这家大概是距离近，不用奔波，所以精神状态好一点，但是在演示PPT的整个过程中，领导一直眉头紧锁，直到一个女作者发言，局面才有所好转。

后来，领导说：“我提问的时候，她一直在本子上记，做事态度很好，而且看起来温文尔雅，有点书卷气，像是个作者的样子。我们这本书的文笔需要精致一点，我觉得她的气质比较符合。”

大家都以为这一单最终给了北京公司是因为他们的PPT做得好，报价比竞争对手低。其实谁都没有想到，“气质比较符合”这一点竟然成为决定性因素。

这个朋友对我说，三十岁之后，她就不再喜欢别人叫自己“美女”，尤其是在职场，她更介意自己看起来是不是专业，是不是得体。三十岁后，气质比长相重要。

有一次，林肯亲自面试一位应聘者，却没有录用那个人。幕僚问他原因，他竟然说：“我不喜欢他的长相！”幕僚们觉得这不应该是理由，总统也是外貌协会的？况且林肯本人也不是多么英俊。“难道一个人天生的不好看，也是他的错吗？”幕僚问。林肯回答：“一个人四十岁前的脸是父母决定的，但四十岁以后的脸是自己决定的，他要为自己四十岁以后的长相负责。”

转念一想，林肯这话也不无道理，就像我们中国人常说的“相由心生”，我觉得林肯挑剔的，不是那个人的五官，而是他整体给人的感觉。一个人的高矮、五官都是DNA决定的，但其谈吐、举止、文化、气质等方面完全可以靠后天的修炼来完成。虽然身体发肤受之父母，但这张脸让人看后是何感觉，却是要发于己心。

一个人的气质比容貌更容易引起瞩目。有些人的容貌、身材等硬件都不错，可是一张嘴、一迈步，就不敢恭维了，“气质”特别扎眼，即便是貌比西施貌若潘安，也得减分减到60分以下，根本就不及格。

清末戏剧家李渔说过，女人有态，三分漂亮可增加到七分，无态则七分可降到三分。女人之态如烛之光、火之焰、金银珠玉之宝气。这个态，就是气质，像光，像焰，像珠宝散发的宝气，看似无形，实则有形，就在一个人的一颦一笑、一举手一投足里。

很多人不拘小节，并不是因为做不到，而是觉得没有必要。我在电梯经常发现有些中年妇女会把手伸进衣服里搔痒。可能在她们心里，摄像头也好，同乘电梯的人也好，都没什么要紧。很多人就是在这样对自己一点一点地放纵中，与好气质渐行渐远。

其实，培养好气质没有那么难，但肯定也不是一件一蹴而就的事。一个人的气质，是在日复一日的时光中浸淫出来的。

好气质不是一次特别场合的特殊表现，而是日常生活中诸多习惯的积累和培养。

英国作家斯蒂芬·柯勒律治在给孙子的信中写道："优雅举止是一个人无私品质有目共睹的证据，在很大程度上源于心灵而非大脑。最佳的举止莫过于浑然天成，没有一丝做作的痕迹，并且完全处于忘我状态，要警惕自己习惯中形成的任何马虎随便，从一开始就要抵制它。一个绅士即便自己独处时也应该保持自重，不该听任丝毫衣着或者举止的怠慢，不可因为除了仆人没人会看见他穿着卧室的拖鞋就来吃早点。那意味着邋遢的开始，而这种邋遢本该在整理好凌乱的床铺后开始吃早点时就终止。如果任由自己的肉体堕入低级的玩世不恭状态，你的整个人格就会低俗起来。"

三十岁后，可能再难保持颜值巅峰，这是个坏消息，好消息是气质却是可以不断进阶的，它可以让你看起来越来越舒服。先从戒掉不良的嗜好开始，建立良好的生活习惯，让自己更健康、清新，拥有神清气爽的宜人状态；培养一个业余爱好，闲暇的时候看看电影，读读书，健健身，把房间整理得整洁舒适……这些，并不是很难做到吧？

除了优雅的举止、得体的谈吐，人最高级的气质，本质上来源于对生活的洞见、感悟和态度。

陈丹燕在《上海的金枝玉叶》中写了一位美丽的女子戴西，她是老上海著名的永安公司郭氏家族的四小姐，是1934年燕京大学心理系的毕业生，是养尊处优的少奶奶。郭四小姐曾经锦衣玉食，应有尽有。然而时代变迁，荣华富贵随风而逝，她经历了丧偶、劳改，每天挖鱼池、扫厕所，被羞辱打骂，一贫如洗……但几十年的磨难并没有使她心怀怨怼，她依然美丽、乐观，始终保持着自尊和骄傲。在最艰苦的岁月，她还在煤炉上用铁丝烤面包，偶尔给自己准备一顿下午茶。她所保持的，并不是一个旧日的习惯，而是一种动荡中波澜不惊的心态。

岁月从不败美人，那些惊艳了时光的人，都拥有这种高贵的气质。当一个人能做到不以物喜不以己悲，无论外界怎么对待自己都能淡然处之安之若素，始终拥有完整的自我时，气质就会像一件最美的华衣，悄悄地披在你身上，使你无论处在什么境遇中都能美得令人不敢逼视。

人群中相貌一般但气质不凡的人有很多。即使不是天生丽质，我们也可以通过后天的元素为自己加分。这种内外兼修的气质，比容貌的美丽更加打动人心，而且是一个人一生的光芒，历久弥新，永不褪色，任时光也无法剥夺！

保持学习，保持成长

某市政府把市内各个路桥收费站全部取消了，这本来是件利国利民的好事，有人却哭了。谁？收费站的工作人员。

收费站取消了，自然就不需要收费员了。虽然国家已经按照《劳动法》给予了经济补偿，但是这些人还是把领导团团围住，说要讨一个说法，其中一个中年女子振振有词："我今年36岁了，我的青春都交给收费站了，除了收费，我啥也不会，也没人喜欢我们，我也学不了什么东西了。现在你们说取消就取消，让我们可怎么活啊！"

言外之意，没有了"收费"这份工作她就没有出路了，她的职业生涯已经被宣判了死刑。

呵呵，只是36岁而已，又不是63岁，怎么好意思说出"我也学不了什么东西了"这样的话呢？很明显，她的问题根本不在于年龄，而在于她从干上"收费"这份工作的第一天起，就不打算再学习任何新东西了，她这一辈子就吃定"收费"了。

有人说，是体制害了她。体制内的生活给了她稳定和安全的错觉，所以在变动来临的时候她才猝不及防。

我认识的作家韩松落，曾经也是一位体制内的公务员，除了上班，他的业余时间几乎都用在读书和写作上，他写影评，写娱乐，写专栏。在好多年内，同事们都不知道这个整天跟他们一起上班、下班、开会的小伙子，竟然是一位很有名的专栏作家。写作除了带给他更加丰裕的收入，还给他带来一个更加广阔的天地。他想了想，毅然扔掉手里的“铁饭碗”，投身到更热爱的事业中去了。

他说，自己一开始也是青涩的，把香港 TVB 写成 TBV，这种硬伤，当初编辑给他指出来的时候，他羞得抬不起头。后来，他潜下心来认真学习和练笔，十几年写下来，他早已经写得声名遐迩，仍然觉得要学的东西太多。

同样都是体制内的人，有人就能给生活引入源头活水，为未来创造更多的生机，而有的人则把自己局限得死死的，连转个身都困难，更别提突围了。

所以，不要总给自己的倦怠和贪图安逸找那么多借口，困住自己的从来都是自己。

有一部电影叫《土拨鼠之日》，讲的是气象播报员菲尔去一个小镇上报道土拨鼠的故事。菲尔来到小镇后，突然遭遇暴风雪天气，致使时间停留在前一天，始终无法再前进一步，因此被困在了永远的 2 月 2 号“土拨鼠日”。这种每天都是相同一天的生活，差点儿让主人公发了疯。

一个不学习、不成长的人，就如同生活在“土拨鼠日”，被困在了永恒的当下。他们的生命力，就是在简单地重复中慢慢消耗殆尽，而且几乎没有任何抵御变故和风险的能力。

罗曼·罗兰说，大部分人在二三十岁时就死去了；《罗辑思维》的创始人罗振宇说，终身学习是唯一能够与时间对抗，不在三十岁就死去的方法。

据说苹果公司做测试的时候，曾把 iPad 拿到非洲给一个从来都没见过电子产品的放羊娃用，几分钟后孩子就能很熟练地操作了。

孩子的学习能力通常都很强，因为孩子对这个世界充满好奇心，充满探索欲。

如果一个人对新鲜的事情不再感兴趣，甚至开始抵制，也不想再学点什么新东西，那么他就走上了衰退之路。所以，一个人变老不是从长第一道皱纹开始，也不是从生出第一根白发开始，而是从他不再愿意接受新事物，不再有学习的动力开始的。

中医说，每个孩子在成长过程中，都保持着一种生发之势，他们的生命就像春天一样，万物萌发，生机勃勃，这种势头一直保持到成年停止发育为止。

在我看来，在生理上停止生长之后，还有一种方法能让每个人继续保持生发之势，不断挑战人生的高度，那就是学习。

当一个人放弃学习、放弃成长时，他的生发之势就没有了，自然就只剩下颓势了。

我认识的一个姐姐，上学的时候学的是小语种，当时没觉得有什么，没想到时代发展得这么快，大学毕业没几年，不懂英语的人就都成了半文盲，而姐姐也发现自己落伍了，连三岁儿子的英语都辅导不了了。

一次偶然的机会，我和她一起去北京大学参加一个活动，主持人邀请大家一起做一个游戏，其中有很多都是外国留学生，对主持人讲解的规则都听得似懂非懂，一脸茫然的样子。我发现这个姐姐一直在跟她旁边的外国妹子窃窃私语，我很好奇她们在说什么，就走过去凑热闹，这一听不要紧，下巴差点儿要惊掉，原来姐姐正逐字逐句地把主持人的话用英文翻译给外国妹子听。

回去的路上，我问她："你咋了，'歪果仁'附体了，不是一句英语都不会讲的吗？26 个字母都没学过，零基础？"

姐姐说："随便学了学，没办法，得辅导孩子啊。你不知道现在养小孩多麻烦，每次上完英语课，都要家长辅助进行英语对话，然后还得拍成视频发给老师。"

"您这叫随便学了学？口语交流都没障碍了！"

"我只是会说，写出来就不太认得，我对自己也没那么高的要求，毕竟一把年纪了，也学不好了，能开口说说就行了。"

多少人学了十几年还是哑巴英语，她这么谦虚是不是故意的？

“怎么学的？”我脑补出她“头悬梁锥刺股”的画面。

“看美剧啊，把《绝望主妇》十季刷上几十遍，把每句台词背下来，再跟着网络课程学学语法，两年时间就差不多了。我不考托福不考雅思的，就偷偷懒吧，如此而已。”

把《绝望主妇》十季整整刷了几十遍，把每一句台词都背了下来，这叫偷懒？还如此而已？

再说说我爸。有一次，我心血来潮想搞个恶作剧，把手机和电视设置成双屏互动，在楼上用手机遥控电视，我爸在楼下的客厅吓得哇哇大叫，他看电视画面像闹鬼一样胡乱变化，以为发生灵异事件了。

被我捉弄之后，第二天他就把老年手机换成了智能手机，一个月后就玩得很顺手了。

现在他是小区老头里的红人，谁想下载个 APP，在网上购个物，给手机改个设置，都来找他。

前几天，他还开了个微信公众号，圈了一帮老年粉。

这个姐姐和我爸，他们虽然都是普普通通的人，但也是让我佩服的学习力很强的人。虽然这种学习力，不一定能让他们取得什么耀眼的成就，但是在人群中，绝对可以增加他们的辨识度，让他们始终跟着时代的脚步，生活得有滋有味。

作家水木丁说，终身学习，也许是未来养老唯一的出路。

什么样的人能不惧风云变幻，始终在时代舞台上活得游刃有余？自然是一直成长，能够自我更新、自我迭代的人。你一天比一天好，一天比一天强，自然不会惧怕老之将至，也不会担心生活中万一出现天塌地陷的事故而自己接不住，因为你手里握着的秘密武器，足以让你淡定地微笑着去应对一切。这个武器，就是学习和成长的能力。

优秀的女人，都有点男性气概

我经常会在小圈子里发起一些聚会，大家轮流请客，一个月一次。有段时间，我发现一个叫玫玫的姑娘不来参加了。问起来，大家说她家里有点事。

一直到两年之后，玫玫才重新出现在聚会中。细谈起来，才知道这两年，她简直经历了一番冰火两重天的人生考验。

两年前，玫玫新婚，老公是博士，青年才俊，一表人才，对这段婚姻，人人称羡。可是生活总是会开玩笑，不知怎么了，老公莫名其妙地患上抑郁症，最严重的时候甚至都无法正常生活和工作了。当时玫玫还怀着孕，老公又停工了，家里一下没有了经济收入，一时间连房贷都还不上，别提有多忧心了。

所有人都觉得玫玫会崩溃，甚至有人劝她赶紧离婚甩锅，不值得为了谁搭上自己整个后半生。

可是玫玫冷静地考虑了一天以后，有条不紊地做出安排，她卖了房子，还完银行贷款后还能剩下一笔钱，她拿出一部分给老公治病，一部分投资好朋友的面包店，剩下的钱她自己开了个网店创业。

说起来是寥寥几语，但当时的玫玫作为一个尚且需要别人照顾的孕妇，能不夹带任何情绪，不抱怨，不软弱，不哭哭啼啼，如此爽快利落地做出决定，平静勇敢地面对一切，这是很多女人都难以做到的。

后来她老公逐渐好转，但是在很长一段时间内，仍然需要玫玫开车接送他上下班。当时她老公经常在幽黑的暗夜突然从床上起身，走到阳台上，以至于玫玫在那两年几乎没睡过一个安稳觉，一颗心始终悬着，时刻密切关注着老公，生怕他一时想不开出了什么事。

随着老公的逐渐痊愈，玫玫的网店也从一开始的只有她一个人，发展为雇了几十位客服的大店，每年收入不菲。生活的低谷终于过去了。

仔细想来，玫玫之所以能顺利渡过这次难关，与她的性格有莫大的关系。她的骨子里始终有一种男子气，之前大家在一起玩的时候，我们常常戏称她是最有“男友力”的姑娘。出去自驾游，只要有玫玫，别人就不用操心了，路线规划、旅游攻略她一个人全都能搞定，哪怕半路抛锚换个轮胎她也不在话下。

女友们谁有了什么烦恼，向大家倾诉的时候，从玫玫那里总能听到一些角度独特的建议。同为女人，玫玫考虑问题时却总能迅速剔除一些情绪化、感性的因素，一针见血地指出问题的本质。

当遇到难关的时候，她不会用太多时间去可怜自己，怨天尤人，或者纠结犹豫，左右摇摆，而是会拿出更多的时间去评估现状，思索解决方案，一旦确定就坚决执行，不矫情，不拖沓，不腻腻歪歪，那杀伐决断的劲儿颇有大将之风。所以我们常常感叹，唉，她怎么像个男人一样！

柏拉图在《会饮篇》中讲了一个希腊传说：最初的人一半是男，一半是女，他们的体力和智慧加起来几乎可以超越天上的神，于是诸神感觉受到威胁，遂将人劈成了两半。

柏拉图说："人本来是雌雄同体的，终其一生，我们都在寻找缺失的那一半。"这缺失的另一半，不只是另一个异性个体，还有另一半异性特质。

无独有偶，瑞士著名心理学家荣格也提出了"anima（男人自我中的女性化部分）"和"animus（女人自我中的男性化部分）"这两个概念。他认为，每一个人都只有同时具备男女两性的特质，自我才是完善的。这种结合了男女两性优点的人格特质，被称为"双性化人格"。这是一种超越传统性别分类，更具有积极潜能的理想类型。

在现实生活中，如果一个女性能够兼具一些男性特质，有点男性气概，在处理问题时就会容易突破女性特质的束缚，考虑得更加中肯和准确，更加容易取得成功。

所以，很多优秀的女人都是“雌雄同体”的。一个人如果同时具有男性与女性气质的优点，就会形成一种更健康的心理模式。

古往今来，这样的优秀女性不胜枚举，比如近代的巾帼英雄秋瑾，现代社会的那些女首脑、女企业家等。

可惜在生活里，这样的女人还是缺了一点。看看自己的朋友圈，大部分女孩子晒的都是卿卿我我的恩爱照、心血来潮的买买买、闲着没事儿的千愁万绪、搔首弄姿的自拍，不高兴了还哭一鼻子，许多女孩把这些当成了日常的全部。

有一次，在写字楼的电梯里，我听见两个女孩在互相吐槽，一个说自己大姨妈来了还要坚持出差，一个说现在的女人个个都抛头露面在外面打拼，能干得不得了，说明男人集体退化，世界阴盛阳衰，女人好不幸哦！

电梯门开了，两个女孩袅袅婷婷地走了，同在电梯里的两个男士听得面面相觑，一个说：“她们都有病！”另一个说：“咱们喝酒去吧！”

在生活中，真的很难听到两个男人相互抱怨自己割了盲肠还得去出差，或是前列腺发炎依旧坚持工作。在男人的世界中，他们根本就不会为了这样的事情自我怜惜。

要知道，这个世界的竞争，很多时候都是无性别的，不会因为你是女人就给你放水。

身为女人，如果能时时自省，认清自身的优势，同时看到自己身上那些由基因决定的先天不足，虚心向男人多学一点，学他们的目标明确、思路清晰，学他们的理性、果断，吸纳异性的长处，拥有一点儿男性气概，岂不是如虎添翼，像柏拉图笔下雌雄合体的“人”一样，智慧和能力都翻了一番？

能自己解决的事，不要麻烦别人

工作十年了，美静分析自己的情况：业务水平不错，人际关系良好，唯一的不足就是文笔不怎么样。在她身处的这个天天都要写报告的单位，她认为这是个硬伤，影响了她在职场的进一步发展。

有一天，单位组织员工去国家图书馆参观，学习数字化图书馆建设，回来后领导要求每个人写一篇感想，发表在单位内部的论坛上。美静本来想像以前一样随便写一篇交上去，反正以她的水平，写了也是默默无闻。突然她灵机一动，想起弟弟最近交的女朋友玲玲，是个文学硕士，何不让她帮忙代写一篇？

美静给未来弟妹打了个电话，把这事一说，玲玲一口就答应了。玲玲整天泡图书馆，对国家图书馆特别熟悉，又是文学专业，写篇观后感简直是小菜一碟。没想到这两千字小文传到美静单位的内部论坛上以后，立刻就吸引了领导和同事们的目光。领导还专门跑到美静所在的部门，当着众人的面儿夸奖美静的文章写得好，又让管理员把文章置顶，作为精华帖让大家学习。

坐在美静对面的小周，把文章细细地看了，惊诧道："美静，你真是让我刮目相看啊！怎么突然就写得那么好了，比刘主任也毫不逊色啊！"

刘主任是单位公认的"才女"，是领导的"御用"笔杆子。

美静一时得意，也没想那么多，随口就说："哈哈，咱是深藏不露，以后让你们惊讶的事儿还多着呢。"

美静口中跟小周说着话，手指在键盘上对玲玲说："哈哈，小伙伴们都惊呆了，刚发现咱原来也是才女一枚啊！"

玲玲发过来一个"嘘"的表情，说："低调！低调！"

美静说："这么多年，都知道咱不会写，这回可算是扬眉吐气了，就不低调。"

过了一段时间，单位开始了一年一度的评职称活动，按照规定，只有在杂志上发表过论文的员工，才有资格参加评选。以前美静一直在为写论文发愁，这次她故伎重演，再次拜托玲玲帮忙。玲玲也真是给力，美静把一个题目抛过去，玲玲很快就写好了一篇有理有据的论文。论文顺利地发表了，美静也如愿以偿地评上了职称。

尝到甜头的美静从此一发不可收拾，玲玲简直成了她的秘书，什么东西都丢给玲玲写。

有一次，部门又开会布置任务，学习相关文件，会后领导让大家写学习心得。美静又把这个任务甩到玲玲那儿去了，没想到这次玲玲没有爽快接下，而是很为难地说，这个她也没做过，帮不了这个忙了。美静很生气，她觉得玲玲作为一个文学专业的高才生，写这么个简单的东西还不是举手之劳吗？竟然连这种小忙都不愿意忙！

像美静这种动辄就请人帮忙的“伸手党”，总是把自己的事儿称为“举手之劳”，真是令人头疼。在他们看来，他们的要求根本不会浪费别人的时间、别人的脑细胞。但如果是动动手指头就能做完的事，你自己怎么不去做呢？

有那么几年，我总是接到老家人的电话：“你顺路经过 ×× 时，帮我打听一件事。”他们不知道北京很大，那个地方在城市的另一角，距离我生活的区域要两个小时的车程，我根本不会“顺路经过”。要么就是“我有个朋友要去北京看病，你帮我接一下站，等你回来我请你吃饭”。

一开始，出于情面我总是不好意思拒绝，可不胜其扰地当了好几年的“北京办事处”之后，我终于意识到这种没完没了的求助，已经严重干扰了我的正常生活秩序，于是后来他们再打电话来拜托我的时候，我只好狠了狠心，断然拒绝。现在的我虽然可能已经在老家的亲友中留下恶名，但也顾不了那么多了。

对于那些非常敢于麻烦别人的人，我觉得真是勇气可嘉，他们在向他人提出请求时，心里完全没有负担。我挺不理解这样的人，明明自己花点儿时间就能解决的麻烦，为什么要消耗人情？人情债不是最难还的吗？

我说出这个疑问的时候，闺密扑哧笑了，她说："你好天真哦，这种动辄就麻烦别人的人，压根儿就没打算还你这份人情。"

自媒体大号咪蒙，曾经靠一篇《致贱人》走红网络，可见这种"伸手党"简直成了"全球公恨"。

咪蒙在文中引用了"知乎"上的话：

不要把别人的情分，当成你的福分。

不要把别人的客气，当成你的运气。

不要把别人的包容，当成你不要脸的资本。

能自己解决的事，尽量不麻烦别人，这是一种起码的修养。

大家都很忙，我不麻烦你，你也别麻烦我，这不是冷漠，是成年人的成熟。

女人，你也该“每临大事有静气”

很多年前，在电影院里看一部叫《赤壁》的电影。

周瑜说：“这么冷的天还扇扇子？”

诸葛亮答：“我需要时刻保持冷静。”

电影院里一片哄笑。

这台词确实挺搞笑，不过保持冷静却没什么错，诸葛亮遇事波澜不惊，千古闻名，兵临城下生死攸关的时候，那出空城计唱得还真不是盖的。

周瑜就不冷静，所以被诸葛亮抓到弱点，活活给气死了。如此看来，只有冷静的人才能笑到最后，而且活得更久。

但是，在这部电影中，让我觉得最有意思的桥段并不是这一段，而是小乔独闯曹营，为曹操献演茶艺的那一段……

纤纤玉手在茶巾上翻转，置茶入壶，盛舀茶汤，在一代枭雄面前，小乔文静娴雅，气场丝毫不输：“别急，先观汤色，闻茶香。”

一杯茶让曹操贻误战机，赤壁被烧光。虽然此故事纯属虚构，但是电影中小乔从容的处世态度却值得学习。她用自己的言谈举止告诉我们，遇到问题没什么大不了的，不要把时间、精力浪费在过度反应和手足无措中，坚持自己从容的步伐不乱套，才能在各种复杂的问题面前保持清醒和冷静，从而选择最好的应对方法。

遇到事儿，一旦方寸大乱，必然会导致举止失常、进退无据，甚至失去正确的判断力，做出日后后悔的选择。

生活中的好多事情都需要我们冷静地思考和处理，冷静是一个人在特定的场合下内心所持的一种沉稳状态。人在突然受到某种刺激时，情绪会发生急剧变化，或焦急，或忧郁，或兴奋，或冲动……这些情绪能不能被控制，取决于人的心理素质。心理素质好的人，能够控制它朝更好的方向发展，具体表现上就是临阵不乱，遇事冷静、沉稳，能够做到三思而后行。

冷静是做人的一种智慧，遇到事情时，冷静可以帮助我们，很多棘手的事情不是靠鲁莽的行动就能够解决的，而是需要在冷静思考之后因势利导才能化解掉。冷静可以启迪我们去用脑子，而用脑子就是产生智慧、办法、对策的过程。一个头脑容易发热、发胀，甚至炮仗性子一点就着的女人，通常是谈不上有多智慧的，自然也不会把问题解决好，甚至搞不好到最后还会被别人利用，或是火上浇油，做出对自己不利的事来。

像小乔这种“每临大事有静气”的女人，越是在关键时刻，越是能心如止水，沉着面对。只有有静气者，才能不焦躁、不恐慌、不失态，她们明白，能一直让内心保持宁静的人，才是最有力量的人。

静气不是与生俱来的，而是修炼和积累的结果。

人的最大潜能，可能就是我们的心理潜能和精神潜能了。而最使潜能受阻或受损的事情，就是管理不好自己的情绪。所以，能够保持冷静是生活中一个非常有用的技能。

一颗平静之心，是一个人的潜在资产，往往越是身处困境的时候，越能见其宝贵。

怎么才能更冷静呢？

为了找到一些行之有效立竿见影的方法，我浏览了很多心理学网站和大量的资料，总结出三招：

第一招，减少压力和担心，不管遇到什么事情都不要头脑发热，减少与他人毫无意义的争执。

这一点是老生常谈了，但确实是最重要的一点。**我们遇事难以保持冷静的最大原因，往往是担心自己无法承担后果。**问问你自己，这事是不是真有那么重要？值得你怒发冲冠剑拔弩张？

另外，不要浪费时间、精力和想法在无谓的事情上。从现在开始，这件事是会影响到未来五年，还是五周？很多情况下，这种自我提问非常有效。通常来说，我们需要做的，只是调整下自己的想法和情绪。问过自己这些问题后，你会发现，如果你本着更积极的想法看待问题，那些导致你烦恼忧愁的破事儿就没那么重要了。甚至一天之后，你就不那么焦虑了。

第二招，别傻待着了，做点什么吧！

当你躺在床上辗转反侧，或者只是傻傻地干坐在窗前而不去做点什么事时，你很容易会陷入恶性循环的消极想法中，进而让你的情绪更加低落。简单的做法就是，找到你感兴趣的事情，多参加一些好玩儿的活动，多去接触那些对待生活更加放松、更积极的人，慢慢地你会发现自己变得更放松，也不会再轻易反应过激，如此一来，事情就会保持在它们本该有的样子，而不至于一不小心就失控了。

所以，**不要花时间事无巨细地去分析，而是要把时间用来实践和探索，按你自己喜欢的方式。**这样一来，你便常常需要扩大自己感兴趣的领域，在探索、学习的过程中，也许伴随而来的是你还需要去面对恐惧。而这一切，会让你变得更加自信，面对突发状况时也不至于手忙脚乱，而是能得心应手地去处理。

第三招，想一想，其他人会怎么做呢？

每当我陷入抓狂的情绪中无法自拔，难以冷静的时候，我就会先想想我的闺密大芳如果遇到这件事会怎么做。大芳是个骨子里都流着冷静的血的人。事过境迁，有时为了好玩，我会打个电话问她，如果她遇到这种烂事儿会如何处理，答案往往跟我最初预想的差不多。

这是个很好的办法，能够帮你找到一个新的、更有用的，有时看来也很好玩的视角。你只需要问问自己：当别人处在我的位置时会怎么办呢？

试着这样问自己：

如果 Hello Kitty 遇到这种情况，会怎么做呢？

如果詹姆斯·邦德遇到这种情况，会怎么做呢？

如果老爸老妈遇到这种情况，会怎么做呢？

如果 ×××（任何一个你身边冷静又睿智的朋友）遇到这种情况，会怎么做呢？

…………

这个办法看起来像是闹着玩儿，但的确可以把你从当下消极的、焦虑的、困惑的情绪灾难中拯救出来，让你认识到这不是多大的事儿，从固有的思维模式里跳脱出来，找到切实可行的解决办法。

未来的每一天、每一周、每一个月，生活中都有可能发生你喜欢或者不喜欢的事，压力、焦虑、工作中的难题、生活中的突发事件、人际交往中的冲突……所有种种，只要能以冷静面对，慢慢就会体会到那种发自内心深处的平静和喜悦，生活就再也不会回到从前被情绪牵着鼻子走的混乱模样。

当你的情绪日趋稳定，你会发现，自己的格局和能力也随之提升，很多困扰过你的问题变得不再是问题。你变得平静而又温和，从而可以活得更加从容和有尊严。

人生一世，匆匆百年，我们都不愿意磕磕绊绊地走，除了强大的内心力量，我们无所倚靠。只要内心笃定、平静，即便脚下有荆棘，人生的脚步也会从容。愿你每时每刻，都被幸福包围着。

情商高，就是说话让别人舒服

闺密有一天问我，是不是天蝎座的人都特别毒舌，我说我们不能有星座歧视，她说可是 ×× 真的很毒舌。

×× 是我们共同的一个编辑朋友，男性，我知道他有一种病，叫“哪壶不开提哪壶”。

经常听到大家对他的抱怨，说他有点毒舌，非常没有“眼力见儿”。

说话让人不舒服，看不出眉眼高低，这就是他把闺密惹恼的原因。两人在一起吃饭，他说他对玉特别有研究，说着说着，就要闺密把手上戴的玉镯摘下来给他看看。

闺密的这个镯子很少摘下来，她也不愿意它被别人拿在手里，所以就有点不情愿。但是 ×× 一再要求（按理说这个时候他就应该看出人家的勉强了），出于礼貌，闺密只好勉为其难地摘下来递给了他。接手的一瞬间，闺密不由自主地说了句“小心”。他看她一眼，问：“很值钱吗？”

闺密说这句话，不是因为这个镯子值钱，而是对她来说，这个镯子是意义特别特别重大的一个礼物。于是，她就忍不住怼了他一句：“你不是懂玉吗，你看呢？”

××把闺密万分珍爱的镯子随意地拿在手上，端详了一会儿后还给了闺密，然后面带不屑地说了一句：“呵，也就随便戴戴吧。”

此时闺密心里已经有几分不悦，但是也不好说什么，赶紧把镯子戴上，转移了话题。

吃完饭后，两人一起去坐地铁。在路上，××突然又好死不死地说：“有些东西是不能随便戴的，有好多劣质的玉石，为了颜色好看，都在化学药水中浸泡过，会放射出有毒物质，戴了对身体不好，还会致癌呢！”

闺密已经想骂人了！

××继续说：“哪天我送你一块真正的宝石。”

“哪天啊？”闺密停下脚步，问他。

可能没想到她会如此问，××顿时有点结巴，说：“呃……我们家乡有一种特产，叫鸡血石，你听说过吗？”

“没有。”闺密面无表情地说。

“等我哪天回去，给你买一块。”

闺密在心里冷笑了一声，加快了脚步，实在是一分钟也不想与这个人走在一起了。

故事仍在继续。在地铁里，××突然问闺密：“最近工作很累吗？”

闺密说：“怎么？”

××说：“瞧把你折磨得这么苍老憔悴的。”

My God，极品啊！对一个女人，你说她什么都行，竟然说她老，说她憔悴，活够了吧？闺密强忍着反唇相讥的冲动，默默地等着地铁到站，忍得胃都疼了。

几天以后，××在微信上给闺密留言，问为什么不接他电话，不回他短信，还说她不能这么对待他，她是他心里的女神。

闺密假装优雅地回复道：“对不起，这是你的事，我无法给你任何回馈。”

他说：“好吧，我知道我不是你的菜。”

闺密气呼呼地对我说：“谁有那么重的口味，敢吃他这盘菜！”

美国心理学家艾瑞克·伯恩曾说过：“我们和他人的交往，实际上是在玩各种游戏。”有的人在游戏中游刃有余，有的人却捉襟见肘。差别在哪里呢？

交际是一种互动。如果在这种互动中不注意别人的反应和反馈，对别人的言谈举止、神态表情一点儿都不在意，自说自话，恣意发挥，那还叫互动吗？

民间口语一般就说这种人没有眼力见儿，意思就是不会察言观色、不会说话。而一个情商高的人，能够根据对方的言行举止、神态表情等来分析自己的言行是否得当，在社交中往往比一般人具有更强的适应性。

相反，对于情商低、说话难听的人，人们要么敬而远之，要么对其进行攻击，接踵而至的误解常常让这些人在人际交往中觉得非常孤独或极端郁闷。这也能理解，毕竟聊天不是为了挨怼的，到最后就没人愿意和他们交流了。

很多人说话令人不舒服不是因为智商低，而是因为脑袋里缺少这根“弦”。这样的人，大多缺乏两种能力，一是同感共情，二是换位思维。同感共情是指一个人能够准确无误地体察到对方的内心感受，换位思维是指一个人能够设身处地替他人着想，为他人考虑。

具体来说，就是那些容易想当然的人或自我主张强的人，常常自我本位地听别人说话，这种人就是太过于我行我素，不能站在他人的位置换位思考，所以才无法结合当时的情境，说出合适的话来。

比如，我闺密的那个编辑朋友，看她的镯子的时候，只是想当然地从镯子的价钱来评估其价值，这是他自己评判事物的价值观，却完全忽视了主人在镯子上寄托的感情因素。不能站在对方的角度去思考，又不能及时体察对方的情绪变化，说出来的话自然就不中听了。

再则，他说我闺密苍老憔悴，可能那段时间她确实状态不好，他认为自己只是进行了一个客观的描述，可是对于女人来说，这种话简直是对自信心和自尊心的强烈冲击，谁没事要听你这种客观描述啊？这充分说明，他在说这话之前根本没过大脑，没想过别人听到这种话的感受，完全不懂得同感共情。

不仅是一部分直男，有些女人也很容易犯这个毛病，因为女人天生的倾诉欲使其在谈话时更愿意“说”，而不是注重“听”。只顾着宣泄自己的情绪，而忽略了洞察他人的情绪，这对于人际关系的交往也是非常不利的。

要让我说一个既会察言观色，又能见机行事，说话办事妥妥帖帖的人，那就是王熙凤。我实在想不出还有谁比她玩得更转了。贾府中长幼、尊卑、亲疏、嫡庶、主奴等错综复杂的人际关系像一张大网，王熙凤就处在这张网的一个中心位置上。她要同各种各样的人物打交道，上有公婆和贾母，中有无数叔嫂、妯娌、兄弟、姐妹以至姨娘、婢妾，下有一大群管家、陪房、奴仆、丫鬟、小厮等。既要讨得长辈欢心，又要与平辈和睦相处，还要让下人臣服，王熙凤全都搞得定，她揣测别人的心理，伶牙俐齿的本事超出任何一个人。所以李纨说她：“你真真是水晶心肝玻璃人。”就是凭这份八面玲珑的本事，王熙凤在贾府如鱼得水，好事、坏事都干了，既捞到了实惠，人缘也不错。

我经常陪外地的亲友去恭王府游览，也是和珅旧居。看到恭王府的气派，大家经常感叹和珅凭什么能如此飞黄腾达。凭什么？和珅作为大学士固然有才华，可是一朝之中有才华的人多如过江之鲫，为什么他独占鳌头？

和珅的过人之处，就是他的高情商和会说话。就交际上来讲，和珅确实是一个大师级高手，他对乾隆皇帝的脾气、爱好、生活习惯、思维方式无不了如指掌，可以充分做到想乾隆之所想，为乾隆之所为，绝对不同于一般的曲意逢迎、阿谀奉承。和珅的许多逢迎行为都具有深厚的同感基础，说出来的话都是将心比心的结果，因而没有那么的低俗和赤裸，而是相当的匠心独运。乾隆皇帝与他相处起来格外舒服，自然少不了他的好处。

我们都是平凡的张三李四，可能做不到和珅那样，成为别人肚子里的蛔虫，也没有美国 FBI 那么专业的知识，仅凭眨眨眼、皱皱眉就能猜出别人的心思，但是在沟通交流时，只要你愿意，对别人最基本的观察还是能够完成的。

观察别人并不等于对别人处心积虑投其所好，在与人交往的时候，当然要有自己独立的人格，但同时也要照顾到别人的心情，学会调剂现场的气氛，这才说明你在用心经营自己的人际关系。

所谓高情商就是会说话，这不仅仅是技巧的问题，更主要的是要有一颗对他人积极关注的同理心，这并不是要你刻意地去说讨对方欢心的话，而是能为对方着想，不说人家不爱听的话。这是一种礼貌，也是一种修养。

有时候话不在多，而在于精。只有怀揣善意，说出来的话用心、真诚，才能打动别人；只有真情流露的人，才能得到真情回报。

日本电视剧《深夜食堂》里小林薰饰演的小店老板，就是一个这样的人。一间通宵不打烊的小饭馆，一个号称什么饭都会做的老板，吸引了很多失意的人深夜来到这里吃饭。老板话不多，偶尔画龙点睛地说几句，往往能起到四两拨千斤的作用，客人们都觉得，他懂他们。

这样的人，在朋友圈中往往都拥有五颗星的超高人气指数。他们似乎也没有为谁肝脑涂地，但身边总是围着一大票忠实死党。所谓“相交满天下，知心有几人”，人们对这个“相知”的看重，远超你的想象。

说起来好像很难，其实做起来很容易，只要管住自己心里蠢蠢欲动的声音，不急于发表意见，从对方的视角去看问题，尊重、敏锐，以对方为中心，好好地倾听对方的倾诉，感受对方的情绪，在适当的时候给予回馈，如此，就 OK 了。

与其日日抱怨，不如马上改变

我小时候，家里住的是父亲单位分的公房，一栋房住好几家，墙壁非常薄，咳嗽一声都能听见。邻居家的阿姨，是我这辈子见过的最爱抱怨的人。每天早晨一睁眼，就听见她在隔壁唠唠叨叨，她说话的语速极快，语调也没什么太大变化，听得久了，只觉得是一种“嗡嗡嗡”的背景音，完全记不住内容。这种旷日持久的“嗡嗡嗡”，对身心是一种巨大的摧残，会让人觉得特别烦躁，干什么都沉不下心来。每次我写作业的时候，都在耳朵里塞个耳机，放点音乐，以隔绝这种让人不适的“嗡嗡嗡”。

她瘦得可怕。有时候看见她那种干瘦的身材，我就同情地想，她为什么总是胖不起来呢，肯定是说话太多了，消耗了太多的体能。

她每天说这么多话，大致就是两件事：儿子太调皮，不让她省心；丈夫太懒惰，不帮她干家务。儿子把衣服弄脏了，她能抱怨两个小时；家里的水龙头坏了没有及时修理，她能抱怨一个下午。她就像个复读机一样，几句同样的话翻来覆去地说上几百遍自己却浑然不觉。

她儿子的确有跟别的小孩一样的毛病，但也没有比别的孩子更顽劣；丈夫确实有跟别的男人一样的通病，但也没有比别的男人更过分。然而，与别的女人不同的是，她更爱抱怨。

有时候，在她的抱怨声里，突然传出丈夫的一声大吼，一听就压抑了很久。于是她就更加唠叨，丈夫对她一阵咆哮，两个人就吵起来，开始动手厮打，然后我的父母急急忙忙跑过去拉架，这种闹剧隔三岔五地上演。

有时候，她会坐在院子里哭。我隔着栅栏看她哭得特别伤心，捂着脸，眼泪从粗糙的手指里渗出来。无疑，她的幸福感是很低很低的。

为了对付女人的抱怨，古今中外有各种惩罚手段。比如 19 世纪，英国、美国和欧洲的法律都允许丈夫向地方官控告妻子“唠叨”或“撒泼”。如果经过调查，丈夫的指控成立，那么这个妻子就要被判坐“水凳”——把爱唠叨的女人绑在凳子上，反复浸入水中，次数依据其“罪行”而定。中国古代也有这样的法律，“口多言”就是“七出”中的一条，如果一个女人话太多，她的丈夫可以把她休了。

现在，女人再怎么抱怨也不必受什么处罚，更是可以有恃无恐地抱怨个没完没了了。**过多地抱怨是一种失控的表现，而她们的失控又特别容易引发别人情绪的失控，像滚雪球一样，滚出人际关系**

的恶果。

这种控制不住抱怨的人绝对是朋友圈中的一根毒草，身上满满的都是负能量，任何人都不可能经受得住这种长篇累牍的折磨。遇到这样的人，我的经验就是闪人，一旦她们打开话匣子，三十六计走为上，与其最后因为心烦而得罪她们，还不如一开始就借故离开。

家里的一个阿姨，有一段时间病了，我去探望，看到她正在吃“逍遥丸”，拿起说明书，看到“功能与主治”中的第一句话我就笑了：“情志不舒，常无故叹息”，这个阿姨一辈子就是这样，活得无滋无味，逢人就诉苦、抱怨，芝麻大的事能夸张到西瓜那么大，就是想向别人表达两个主题：第一，她很辛苦；第二，她很不幸。

我记得张爱玲的小说里有一个赛姆生太太就是这样，一天到晚唠唠叨叨：“自从今年伏天晒了衣裳，到如今还没把箱子收起来。我一个人哪儿抬得动？年纪大了，儿女又不在跟前，可知苦哩！”“你别瞧我打扮得头光面滑的在街上蹓跳，内里实在是五劳七伤的，累出了一身的病在这里！天天上普德医院打针去，药水又贵又难买。偏又碰见这陆医生不是个好东西，就爱占人的便宜。正赶着我心事重重——还有这闲心同他打牙嗑嘴哩！我前世里不知作了什么孽，一辈子尽撞见这些馋猫儿，到哪儿都不得清净！”

虽然生活环境不同，抱怨的事由不同，但是上面这三个人基本上是一类人，抱怨是她们缓解内心焦虑的主要方式。一般来说，抱怨最大的功能就是发泄情绪。常常抱怨的人，心里一定郁积着某种情绪，把语言当成了出口。还有一种情况是内心脆弱而犹疑，存在着一种关系诉求，他们对关系的现状不满足，觉得自己不被人重视，不被人欣赏，希望通过抱怨刷存在感，让周围的人意识到她的重要，或者有更多的机会改善自己的处境。

我举了这么多例子到底想说什么呢？是抱怨有害，能憋就憋吗？当然不是！

从这些爱抱怨的人身上可以看出，有些人抱怨了一辈子，可抱怨对他们的生活一点儿帮助也没有。

如果细心观察周围，你会发现生活中有些人是解决问题型的，有些人是发泄情绪型的，而解决问题型的人，性格更加趋向于安静。反过来说，因为解决问题的能力差，所以有些人转而寻找另一条出路，拐到了抱怨的歧途上。

抱怨的人就不是冲着解决问题来的。如果自己爱抱怨，不要把目光落在具体的问题上，先尝试着接纳自己的情绪，想想自己想通过抱怨释放什么，还有没有其他的方法可以缓解压力。冷静地去分析自己的心理，你就会发现引发抱怨的不是一系列具体琐碎的事件，而是长期以来的一种心态。

抱怨除了发泄情绪，还有一点卖惨的因素在里面。喜欢抱怨的人多多少少都有一点表演欲，说着说着就进入表演状态，不由自主地去博取他人的同情和理解。所以说，抱怨的基本成分就是发泄、卖惨、无能、无奈。这种犹如吸收了全世界的负能量的语言暴力，简直就是一味杀人于无形的猛药啊！

每个人的时间和精力都是有限的，用来抱怨就没法做别的事情，所以不如把抱怨的力气用于改变生活。

改变抱怨的态度，去做当下应该做的事情，才是最靠谱的突破困境的方法。

抱怨最大的害处，并不仅仅在于浪费时间或是暴露自己的无能，而是让你不由自主地放弃努力。

在抱怨上多花一分钟的时间，就少了一分钟的时间去解决问题，这叫“赔了夫人又折兵”。

“与其抱怨，不如改变；想要改变，必须行动！”这十六个字是“东西联大”的校训。

所谓“东西联大”，是白岩松开办的新闻私塾。

肯定有人会说，这些鸡汤界的大 boss，整天给我们灌这些心灵鸡汤有什么用呢？说点实在的不行吗？

最干的干货，长得都特别像鸡汤。

每个人都会遇到自己的困境。白岩松是央视著名的记者和主持人，可以说，他经历了传统媒体的整个黄金时期。在当下这个移动互联网时代，自媒体横空出世，风光无限，传统媒体已经进入衰落时期。

在这种形势下，传统媒体人该怎么办？抱怨自媒体野蛮生长？抱怨自己运气不好，生不逢时？还是立刻积极行动起来，努力转型，研究出路，搭上时代的快车继续前行？

白岩松用行动给出了答案。多年以前，白岩松以一句“痛并快乐着”引发了中国社会的共鸣，这一次他提出的十六字校训也一样，看上去非常浅显的一句话，实际上是他半生实践得出来的真知灼见。

为什么我们总说听了那么多道理却还是过不好这一生？就是因为大多数人都做不到知行合一。道理谁都明白，但是就是做不到。

只有先在观念上纠正了认知偏差，再辅以正确的方法，以较强的执行力去坚持，才能真正地改善自己的生活，改变自己的命运。

最喜欢研究方法论的前新东方名师李笑来，曾经在一篇文章里写了关于停止抱怨的三个方法：

第一，不要跟爱抱怨的人交往甚密，因为抱怨会传染。

第二，当发现自己已经患上抱怨症的时候，就要给自己设置一个自动弹窗，一旦出现抱怨的苗头，就要提醒自己：我要启动抱怨模式了，快停止！

可以试着每天记录一下自己抱怨的次数，记录也是一种提醒，坚持记录，就会发现自己抱怨的次数在减少。

第三，面对麻烦，能解决就去解决，这是能力；不能解决就选择接受，这是坚韧。

女人要学会适时的沉默。拿出点决心，像戒掉熬夜一样戒掉那些抱怨吧，像减肥一样减掉那些废话吧！你见过哪个女神是话痨？

没有公主命，就不要生公主病

有一次，有一个朋友要在家里请客，热菜冷盘都准备好了，只有一条鱼没有烧。朋友说他不擅长做鱼，看看赴宴的人里有没有能显显身手的，帮他把这条鱼做了。

有两个姑娘马上皱起眉头，一个厌恶地说："弄鱼呀，腥死了，我从来都不碰那些软塌塌滑溜溜的东西。"另一个则说："哎哟我对油烟过敏，油烟对皮肤不好，对头发也不好，我从来不下厨，家里的厨房都要贴封条了。"

本来我还跃跃欲试，一听这话立刻失去了伺候这二位的兴致。有人犯了公主病，我可不想当厨娘去配合她们。后来另一个男孩把这条鱼红烧了，端上来的时候，两个姑娘吃得挺香的。

这样的人可不少见呢。

我就不明白了，都是小门小户的孩子，哪来的一身公主病？

做公主这件事，真的是要靠命的，爹不是国王，说啥都没用！

世界上到底有没有公主？当然有了！

别说欧洲还有几个货真价实的国王的女儿，就说那些被人中龙凤的父母捧在手心的女儿，不是公主又是什么？

比如希腊船王的掌上明珠克里斯蒂娜·奥纳西斯，三岁的时候，就拥有了刻着自己名字的世界上最大的豪华邮轮。

比如贝克汉姆家的小七，从一出生就被称为“七公主”。她五岁之前出门都不用穿鞋的，反正也不用下地走路，不是被她爸抱着，就是被她哥抱着。她是父母生下三个儿子之后才盼来的宝贝女儿，怪不得大家都说她是全宇宙最会投胎的人。

这种生来就是公主的人就不说了，就像安徒生写的豌豆公主，哪怕将一粒豌豆压在二十层床垫子和二十床鸭绒被下面，她也能感觉得出来。所以，王子觉得她绝对是一个真正的公主，遂高兴地娶了她，然后把豌豆送到博物馆去展览。

然而，我们大多数人都没有那么好命，一出生就是公主。所以，我们只能努力修炼、沉淀自己，努力当上女王。

可是，总有那么一些人，则是要让自己“看起来”是公主，这就可怕了！这样的人，大抵都是内心怯弱甚至自卑的。不是有句话吗，想知道一个人缺什么，就看她努力秀什么就知道了。

我刚毕业的时候，在一家杂志社当小编辑，很羡慕一个同事。她是主编，长得很美，打扮得也很时尚。我像追剧一样，每天追她的博客，早上上班的第一件事，就是点开她的博客，如果她还没发博文，就坐等她更新。

她的博客写得非常漂亮，图文并茂。那些图片不是美食、美衣、珠宝首饰，就是精美得让人窒息的高跟鞋、限量版的名牌包，全都闪着奢华的光芒。

她有时候也觉得自己太爱买东西了，在博客里嚷着要剁手："不行啦不行啦，这个月的花销已经超过五位数了。"

我有点不明白，她其实也没赚多少，怎么维持这种生活水准呢？后来听人说，她是有钱人家的独生女，爸爸是位古董商呢。古董商？听着就高大上。

我还知道她有一个非常爱她的男朋友C，有一天我看见她在博客里写道："C昨晚在车里跟我商量，要买别墅区的房子，我还没想好。"

我替她急死了，恨不得在电脑前面大喊：姐，你还想什么呀？赶紧嫁给高富帅，住进别墅区，从此幸福地过着牛气冲天的生活啊！

有时候，她也会在办公室轻描淡写地抱怨自己的身体真是差，一点儿力气都没有，连热水瓶都提不动，给饮水机换水更是不可能，所以男朋友不在的时候，她连喝口热水都难。不过前几天男友给她买了一台进口的净水壶，又可以速烧，又可以过滤，方便倒是方便，就是有点小贵，好几千块呢。

一起出去吃饭，她对着麻辣小龙虾发呆，问为什么不吃，她说："我真的不知道这个怎么弄，以前都是家里的阿姨给我剥好，放在碗里的。"

看她那双纤纤玉手，弄脏了也真是令人不忍，我马上踊跃地给她剥虾，后来我就得到一个绰号——“剥虾员”。

在我看来，她就是个公主，过着一种我可望而不可即的生活：吃的都是我见都没见过的珍馐佳肴，买的都是要用掉我好几个月工资的奢侈品，去的都是一般人去不起的地方，还有一个有钱的真爱。

有一天，她没来上班，恰巧单位有点急事，打电话又联系不上，领导就给了一个地址，让我去找她。走进她家的时候，我有点接受不了，她住在一个破旧的一居室里，非常简陋，水泥地，没什么家具，屋里又脏又乱又差，一看就好多天没打扫过，床上乱七八糟地摊着衣服，桌上放着一个旧笔记本，还有没扔的泡面碗。

一个追求生活品质的美女，竟然住在这样的环境里？

看我略有些吃惊的表情，她讪讪地解释道：“这是我辈子住的最破的房子了，早就想搬了，就是因为离单位近才没搬，毕竟走路就可以上班了嘛！”

回去的路上，我有点难过，突然觉得看不懂这世界了，有种强烈的虚幻感。当时年轻单纯很是不理解，现在想想也没什么。她年近三十，独自在这个城市生活，做一份收入不多不少的工作，想用一些光鲜的东西装点自己的生活，塑造一个华丽的形象，也没什么吧？

怕的是，如此惺惺作态，也难以弄假成真，反而让自己活得更累、更憋屈，图什么呢？甚至很多伪装还要以违背个人意愿和牺牲人生乐趣为代价，何苦来呢？即便是这样，也未必就能成功地骗过群众雪亮的眼睛，这不就现形了吗？其实大多时候是人艰不拆，大家集体缄默，不愿揭穿而已。况且，演戏演久了，难免有演砸的时候。所以，没有公主命，就不要生公主病了。

这方面的例子，我见过一个最经典的：

一个男的和一个女的，这两个人不知道有什么癖好，女的常年扮公主，男的常年扮粉丝。两人约会了无数次，女的迟到是必须的，哪个公主会准时下楼等着男伴来接呢？吃饭的时候公主顶多点个蓝莓山药，连个梅菜扣肉都不敢点，生怕一饕餮就不优雅了。

某个情人节，粉丝请公主吃饭，不知怎么就说起了结婚话题。公主强调，自己结婚的时候，一定要戴卡地亚的钻戒，穿 Pronovias 的限量版婚纱，拖着 LV 的箱子，与新郎在机场会合，一起去巴厘岛度蜜月。且不说穿着庞大婚纱，像一座移动的城堡一样在机场候机是一副多么滑稽的画面，单说这身行头就价值不菲。粉丝这次彻底被吓住了，原本揣在兜里准备求婚的戒指愣是没敢拿出来。

从那以后粉丝就撤了，半年后娶了另一个姑娘。公主没有了观众，演技顿时崩盘，生活不那么考究了，有时候也坐在大排档上吃几个烤串，喝杯啤酒，再提起那个粉丝，眼睛里满是悔不当初的意味。

对这样的人，我只想说一句话：“不作死就不会死！”

生活中，公主病主要表现为性格方面的缺陷，或人际交往方面的障碍。这样的人看上去自尊心很强，自我意识很强，实际上并没有“自我”，因为她的自我完全取决于“他人的视线”。由于缺乏肯定自己的信心，她们内心深处有很强的自卑感，所以才会时时、事事渴望别人的宠爱和认可，爱情如是，事业如是，生活亦如是。在得不到满足的时候，就会质疑自己的价值，进而感到痛苦。

有公主病的女生，她们希望自己活成心中所期望的公主的模样，却忘了最好的活法只是活出自己。隐藏自己，却扮演别的角色，带来的只是拧巴。

长期沉浸在扮演公主的感觉中不能自拔，对于女人的成长真是致命的阻碍。

很多时候，我们眼前似乎有一道墙，遮住了事情的真相。是时候鼓足勇气看看墙后面的东西了。即便不喜欢也要继续向前，因为这是获取自我平衡的唯一途径。

扔掉那些哗众取宠的可笑念头吧，多多努力活成自己希望的样子比什么都强！只要你的能力令人称许，你的品质令人信服，不需要公主的标签，依然能够在人群中熠熠生辉。

认清现实的真正意义，是找到自己的位置

有一次去一家企业采访，员工们纷纷提到他们最佩服老板的一点，就是会用人——他把每个人都放在了最合适的位置上，管理得服服帖帖。

最后采访这位老板的时候，我提出这个问题："人人都说您会用人，有什么诀窍吗？"

老板略显惊讶，很自然地说："能有什么诀窍？如果一个人胆子太大，就别让他干财务；如果一个人坐不住，就别让他搞技术。所谓用人，就是把每个人放在合适的位置上啊！"

确实，每个人都有一个最适合自己的位置，只有找准了才能实现自己的价值。

找到最适合自己的位置，应该是人生规划的核心，因为要想实现自己的人生目标，就要擅长做自己的伯乐。只有位置找准了，才能有更好的发展，也才能更好地创造和实现自身价值。

世界上没有一个全能的人，每一个人都有自己的优势和劣势，只要正视自己、了解自己，找到最适合自己的位置，那么不论是在生活中，还是在工作中，都能发挥出巨大的潜能。富兰克林说过，宝贝放错了位置就是垃圾。世间没有无用的东西，也没有一无是处的人，只要放对位置就可以是宝贝，是人才。所以，对一个人来说，比盲目地努力更重要的是清醒地认识自己。

有个童话故事很有深意，说一个农场主养了一头驴和一只猫。驴每天都要拉磨、驮木柴，工作很辛苦，而猫整天在家睡大觉，等主人一回家就赶紧跳上膝头讨好，很得主人宠爱。驴看了很羡慕，总是抱怨命运不公。终于有一天，驴按捺不住了，咬断缰绳，跑进主人的房间，像猫咪那样围着主人跳舞。在它蹦蹦跳跳的时候，不但撞翻了桌子，将杯碗瓢盆摔得粉碎，还趴到主人身上去舔他的脸，把主人吓得半死。大家听到喧闹声急忙赶到，把驴子痛打一顿，重新关进圈里。

驴子的愚蠢在于看不清现实，它本来就是干活的材料，却偏偏要去学人家卖萌，强行去做不适合自己的事，没被当成疯驴宰了，已算是幸运。

有一段时间，创业之风兴起，感觉全北京的咖啡馆都不够用了。有人说，去咖啡馆里坐一坐，有一半人在谈剧本，另一半人拿个 PPT 在拉投资。似乎站在风口上，猪都能飞起来。不管之前是做什么工作的，好像只要弄出一个项目，拉到一笔投资，自己分分钟就能变身高富帅，迎娶白富美，走上人生巅峰。

创业看上去很美，但真不是每个人都适合创业。在适合自己的平台上精耕细作，反而更能收获一番成就，盲目跟风去创业，折腾了半天，万一颗粒无收、血本无归，不是更得不偿失吗？

成功的人之所以成功，很大程度得益于他们能正确评估自己，并且能够根据自己的特长准确地定位。

每个人都有自己的天赋，关键就在于你能否很好地利用它，客观地根据实际情况，去充分挖掘自己的潜质，既不妄自菲薄，也不夜郎自大。

在找到自己的位置这件事上，很多名人都走过弯路。

我在电视上看到一位女明星讲自己的经历，她从小学舞蹈，学到二十岁，发奋要成为一名优秀的舞蹈演员。但是她有一个舞蹈演员最怕的毛病——回功，好不容易弯下去的腰，第二天就硬得跟块板砖一样，练了十几年，吃了很多苦，汗水流了几大桶，永远都是群舞中站在最边儿上的那个角色。

突然有一天，她想明白了，自己没有跳舞的天分，付出多少也是枉然。于是转而报考电影学院，上完四年学才发现，原来自己是为表演而生的。毕业后很快成名，短短几年就跻身一线女星行列。

如果她没有及时觉醒，认真理性地剖析自己在舞蹈方面的实力和前景——当然这个过程必然会很痛苦，现在也许她还是一个苦苦鏖战在舞台上的三十多岁的小群舞呢。

这样的例子很多，比如著名的自媒体人彭小六，曾经做了十年程序员，他觉得自己不喜欢写代码，也不具备这方面的才能。但他在业余时间几乎每周都会去参加拆书的线下活动，学到很多东西，也发现了自己的兴趣和才华所在，不但彻底改变了自己的阅读习惯，还成了一位拆书专家，成立了训练营，带领千千万万的人一起读书。

所以，无论是在生活中，还是工作中，遇到问题都别着急，有问题是好事，说明你开始觉醒，也许这是一个很好的成长机会。

有时候我们会因为别人的质疑，或者遇到的挫折而迷茫，觉得付出没有回报，觉得自己太笨，这种时候无论如何都要相信自己的价值，保有一份坚定和执着的心，勇于去尝试其他的领域。

如果你为了一件事付出万千却总是事倍功半，可能它真的不适合你，这个位置真的不适合你。不要着急，不要怕，世界上必然还有一件更适合你的事情等着你去做，还有一个更合适的位置等着你去发挥自己的才能。

适当的死磕是成功的前提，但是如果这个位置不是你该待的地方，盲目的死磕是没有意义的。不妨试着转身，多尝试，也许人生就会峰回路转，走进更明朗的境地。

改变人生，从改变自己开始

许多年前，一个女孩从贫穷的美国乡村出发，到纽约第五大道的一家女装裁缝店工作。在店里，她是等级最低、最苦最累的打杂女工。女孩家里穷，不但没穿过，就连见都没见过这么华美的衣服。所以，她初到店里，就被店里的美丽布料和那些名媛贵妇们身上的华服惊呆了。尤其让女孩羡慕的，是那些女人身上自带的那种自信和骄傲的气质。女孩问店里的一位女裁缝："天啊，她们为什么个个看上去都那么美啊？简直就像是女王和公主。"

女裁缝笑笑，告诉女孩说："是因为成功，所以她们才显得那么美丽。"女孩听了，沉思了半晌问："那么，我们是不是也可以拥有这种姿态呢？"女裁缝听了，惊讶地看了她一眼，不置可否地笑了笑。

没想到，从第二天起，女孩就变得和平常不一样了。她迈着和那些高贵顾客一样优雅的步子，像那些高贵的妇人和小姐们一样轻声细语。她的穿戴也和以前不一样了，她给自己做了新衣服，布料质地虽然不好，款式却十分新颖、时尚。店里没活儿可干的时候，她也常常到试装镜前为自己补一补妆。

慢慢地，那些来店里做衣服的女客人们对女孩的态度也完全不同了。以前没有人注意她，现在她们很乐意跟她聊天，也有兴趣同她谈谈她们对服饰质地和款式的看法了。客人们夸女孩是店里最有头脑和气质的女孩，而女孩也从和她们的交谈中学到了不少服装的知识和对时尚的看法。店老板见客人们喜欢女孩，马上就给她调换了工作，让她专门负责接待顾客，并及时向设计师反馈顾客们的看法和建议，店里的生意变得更好了。

因为和顾客交流得越来越多，女孩对服装布料、款式有了越来越多的自我见解。后来，她对店里时装设计师的水平越来越不满意，干脆自己为顾客们设计起服装来。她的服装款式新颖独特，卖得很好。不仅纽约的女性们以能穿到她设计的服装为荣，许多外地的女性也慕名来订购。后来她接手了这间裁缝店，并把这个店发展成一个服装设计加工公司。最后，女孩创立了自己的服装品牌“安妮特”，她本人也成了著名的时装设计师。

这个故事让我想起我曾经认识的一个女孩子。我上大学的时候，寒暑假在商场打工卖化妆品，跟我搭档的是一位专职的导购小姐，名字叫姗姗。姗姗长得很美，有点像混血儿，皮肤极好，有一种赛雪欺霜的白，大眼睛在浓长睫毛的掩映下眼波流盼，是真正的目如点漆，眼若秋水！

人人都说姗姗的先天条件好，适合干美妆行业，说她天生的好肤色就是活广告。可是姗姗自己对这份工作却好像没什么太大的兴趣，经常有一搭没一搭地迎接顾客。有时候我看她翻着销售表蹙着眉毛做思考状，就问她：“姗姗，你想什么呢？”她抬起美丽的大眼睛说：“我在想中午吃什么。”姗姗很少给顾客介绍产品，一般是顾客要哪瓶她就给拿哪瓶，实际上她对产品的分类和功能也不甚了了。

有一天，来了一位年轻的女顾客，说要买瓶晚霜，姗姗说这个系列没有晚霜，女顾客指着柜台里的某一瓶让姗姗拿出来给她看看，拿出来以后，她质问姗姗：“这不是晚霜吗？据我所知，这是新出的产品。”姗姗瞥了她一眼，说：“有就有呗。”

第二天我去上班，没见到姗姗，专柜上换了一位陌生的导购小姐。原来昨天那位女顾客是化妆品公司的督导，前来抽查工作的。姗姗因表现不好被辞退了。

跟商场彩妆组的组长姐姐聊起这件事，我说姗姗似乎对工作不太走心，组长叹口气说：“你以为每个人都有机会受教育吗？她就这种水平，一个初中都没毕业的女孩子，你让她又能怎么样呢？”

因为学历低，经验少，像姗姗这样的女孩，不得不做一些最基层的工作，可这样的工作不但累、收入少，而且起点也低，她们觉得自己被限制在里面，而又无力改变，只能过着局促的生活。

改变人生，似乎是一个很大的课题，有人想一想就被吓住了，觉得因为自己能力太弱、外部环境太差、时代的局限性等因素，不得不听天由命。有时候我跟父母聊天，说起年轻时候的事，他们也会慨叹自己曾经留下诸多遗憾，但末了又总是加一句：当时大环境就是那样，我们又能改变什么呢？

改变环境当然不容易，我们不敢像乔布斯那样说，活着就是为了改变世界，起码能够说，活着可以改变自己吧？

几年前，我曾经与某公司有过一次合作，需要我在那里工作一个月。这个公司是我见过的最闹心的一个公司，据说他们的企业文化就是“抢”，不但与竞争对手抢，公司内部也争抢不休，整天为了争抢各种资源明争暗斗，甚至为了抢先使用一个会议室，两个部门也能吵一架。

在格子间里，两个员工互相指着鼻子对骂的情景屡见不鲜，拍桌子，摔鼠标，热闹得紧。每季度的销售报告会简直就是控诉大会，怒发冲冠的，泪流满面的……原本我是最容易在开会的时候犯困的，但是在这个公司开会，我不但没打过瞌睡，还长了不少“见识”！

不过，在这样一个环境中，我也发现了一个异类，就是行政部的 Alina。Alina 的职位是内勤，差不多与公司每一个部门都有对接，所以在一段时间内，她几乎成了众矢之的。每天都有人投诉她，要么说办公用品不够用，要么说共享文件夹里丢了个文档，要么说报表上的数据错了……虽然经过核实之后，发现这些错误大多数都是投诉人自己的一时疏忽，根本与 Alina 无关，但是 Alina 总是不愠不怒，淡淡地笑着，慢条斯理地解释着。即使对方大动干戈，她也只是静静地看着，一直等到对方安静下来。我真的很佩服她的好涵养。

后来工作结束，我就离开了那家公司。几个月后我在一个讲座上巧遇 Alina，她说她趁周末时间在这所大学学习 HR 课程，准备考人力资源管理师。一年以后我又去了一次 Alina 的公司，她还在，但已经升为行政部经理，同时兼任人力资源部的一些工作。再后来，听说有猎头公司来挖她，她跳槽了，薪水是原来的三倍。那家公司还是那么让人闹心，但跟 Alina 已经没有关系了。

人生不可能总是一帆风顺，环境也不可能总是那么尽如人意，先不要着急去挑剔环境，也别找太多借口去抱怨，静下心来想想自己想过什么样的生活，想要什么样的人生，然后在这种理想下，结合目前的状况调试自己的状态，努力去做一些积极的改变。

一个朋友对我说，刚来这个城市的时候，觉得生活很难，本地人排外，工作辛苦，客户难搞，就连房东太太也时不时上门给点脸色，不知道从什么时候开始，周围的一切慢慢变好了。其实，比起几年前，这个世界变化不大，变的是她自己。工作能力提高了，自然越来越能胜任，客户为什么要为难她呢？她自己买了房子，还用得着看房东的脸色吗？

生活不可能自动改变，只有先奋力改变自己，才有可能拥有更趋优越的生活环境。

在伦敦威斯敏斯特大教堂地下室的墓碑林中，有一块名扬世界的墓碑。

这块墓碑周围的那些墓碑，主人都是一些赫赫有名的人物，比如亨利三世、乔治二世等二十多位国王，还有比如牛顿、达尔文、狄更斯等大科学家和大作家。

而这块墓碑的主人却是一个无名氏，碑上没有姓名，没有生卒年月，也没有墓主的介绍。

这样一块普通的墓碑之所以名扬世界，是因为它上面的一段碑文：

“当我年轻的时候，我的想象力从没有受到过限制，我梦想改变这个世界。当我成熟以后，我发现我不能改变这个世界，我将目光缩短了些，决定只改变我的国家。当我进入暮年后，我发现我不能改变我的国家，我的最后愿望仅仅是改变一下我的家庭。但是，这也不可能。当我躺在床上，行将就木时，我突然意识到：如果一开始我仅仅去改变我自己，然后作为一个榜样，我就可能改变我的家庭；在家人的帮助和鼓励下，我就可能为国家做一些事情。然后，谁知道呢？我甚至可能改变这个世界。”

据说，许多人看到这块碑文时都感慨不已，有些人来到此处，即使不去拜谒那些大人物，也要来看看这段话。

改变人生，就是要从改变自己开始。就算再不堪的生活，也有一定的改变空间。与其在无数个暗夜里咬碎银牙铆着劲儿痛苦，不如腾出一些时间，安静下来，了解自己的感觉，然后问自己一些问题，如“生活中最想改善的部分是什么？”在扪心自问时写下真实的答案，从而得以窥见内心真实的需求。

你肯定比任何人都知道自己真正的愿望：想换一个更大的房子，在工作上更进一步，通过专业技能的考试，还是开一家自己喜欢的店？哪怕仅仅是每个月多赚500元，体重比上个月轻一斤……找出根本问题，找出真正的所需所愿，然后才能全力以赴向困难挑战，并投身于更好的事业中去。

谁也别指望自己的人生可以“轰隆”一声来一个翻天覆地的变化。改变，只能从细微处入手。积跬步以致千里，积小流以致江海。在点滴的改变中，总有量变引发质变，水滴石穿的那一刻。

别嫌目标小，也别怕进步慢，从你做到改变自己的那一刻开始，未来的人生，已经有一个无限大的可能了！

从来没有一个完美的花花世界等着你

我在前新东方名师李笑来的专栏里，看到过这样一个故事：

有两个朋友，年轻时都当过船员，一起出国打工。那时候出国打工是一件很赚钱的事，同时也是一场冒险，有无数的未知等在前面。

结果两个朋友回来后，对外面世界的描述大相径庭。一个说外面的世界很精彩，好人很多，贵人也很多，比如他在阿姆斯特丹港口，想用投币电话跟家里人联系一下，但兜里一个硬币也没有，语言也不通，不知道去哪里换，一对路过的小情侣见他着急，做手势让他等一下，一会儿回来送给他很多很多硬币，满满地，双手都捧不下。在他口中，在国外的那两年时光是一场美好的“周游世界”的传奇经历。

而另一个朋友却说，外面的世界非凶即险，一路遇到数不清的坏人，坏到无法想象，那口气就好像大家都憋着劲儿想害他。

其实，这两个朋友脚前脚后，走的是同一条航线。

就我自身的经历而言，北漂多年，身边也有很多北漂的朋友，大家聊起来，对这个留下了青春和热血的城市，态度也是不尽相同。

有人说，本地人排外，长安米贵居大不易，北漂史就是一部血泪史；有人说，一路走来，遇到太多好人，不然坚持不到今天。

其实，身为北漂，大家的经历都差不多。半夜被房东驱逐，被黑心老板压榨工钱这些事，很多人都遇到过，只是每个人选择忘记和记住的东西不同。

所以，有些人觉得这个城市对自己的接受度越来越高，对北京越来越有感情；而有些人始终骂骂咧咧，房子太贵，空气不好，出门就堵车，一边骂一边呼吸着雾霾赖着不走。

李笑来说："我们所生存的这个世界并不只是冷冰冰的客观存在而已。这个世界是有生命的，它甚至可能是有灵魂的：你如何对待它，它就如何对待你。"

他问大家：你的世界里有哪些不美好的地方？那之中，有多少其实可能是你自己的选择？

你如何看世界，世界就如何呈现在你面前；你如何对待世界，世界就如何回馈你。就像复旦名师陈果说的，你活得很 low，你的世界也不会美好到哪儿去。

我曾经采访过一位女企业家，北京的大院子女。她说她这一生，跌宕起伏，出身很好，但是身体不好，曾经缠绵病榻好几年；事业不错，但是婚姻不顺，当了二十年的单身妈妈；被贵人扶持过，也被小人害过；被这个世界善待过，也被生活折磨过。

总之，世界不可能完美。那么，既然不能拥有最好的一切，那就把一切都变得最好。

不能拥有最好的一切，就把一切都变得最好。我对这句话印象特别深刻。

说到底，如何看待这个世界，是一种人生态度。

有一次我坐出租车，开车的是一位中年大姐，她很健谈，很热情，喜欢跟乘客聊天，同时也怨声载道，负能量满满。

她说自己原来是一家手套厂的员工，兢兢业业工作好多年，后来企业效益不好破产了，她也失业了，无奈之下就做了出租车司机。众所周知，服务业很难做，乘客好的少坏的多，动不动就投诉，害得她总被公司罚款，买点理财产品也赔得一塌糊涂，没人在乎这是她的血汗钱。她觉得他们这一代人很倒霉，企业没把他们管到底，将他们孤零零地扔到半途，命运太不公平，人情太淡薄，世界太丑恶……

说实话，我对她这种抱怨十分无感。我们这一代人，已经习惯了一毕业就靠自己奋斗谋生，从来也没指望过什么人、什么机构或者什么组织能管自己一辈子。

一个人成年独立后，从迈出家门的那一刻起，就应该知道前面并没有一个完美的花花世界在等着你。

成长与周游世界一样，是一场冒险，也是一种承担。

你看到了这个世界的广大，享受了广大带来的自由和机会，同时也必须承担这个世界的不完美，与这种不完美和平共处。就像享受了阳光的明媚，又怎么可能要求阳光下没有暗影呢？

当有一天，你可以承担的越来越多了，你可以忽略世界上太多的不完美，可以用自己的方式努力去追求生活中的美好时，那你就成熟了，豁达了，强大了！

据说，佛陀当年初次给弟子们讲法，首先就是教他们去认识、体会这个世界的缺憾和矛盾，去看自身与世界之间是怎样冲突不断、苦恼重重的。若能改变态度，不仅对世界的认知会更准确、更完整，更重要的是，我们能够用更宽阔的视角去看世间万象，这种宽阔的视角被称为智慧，能让我们活得更加快乐和自在。

真正的智者，懂得接受世界本来的样子。

他们不会造一个幻象来欺骗自己，也不会像鸵鸟一样把头钻进沙子逃避一切，更不会怨天尤人，伸手向这个世界要公平和美好。

从盘古开天辟地开始，这个世界从来都是良莠并存的，何曾完美过？

在不完美的世界里，尽量缔造一份美好的生活，是每个人毕生的课题。

就像海明威所说：“世界并不完美，却仍值得为之奋斗。”

找一件事让自己终生热爱

十五岁那年，我列了一个人生清单给我爸看。

在那个年龄的人，总觉得时间很多，余生漫长，长到似乎永远都过不完，所以我写了大概一百多件事。

我爸看了看，问我："这些事情哪件是你最喜欢的？"

我说："都喜欢。"

他把清单扔回来，说："这只能说明你还没找到一件能让自己终生热爱的事，再找找吧。你一生做不完这么多事，把自己最喜欢的事做好就不错了。"

当时对爸爸的这句话不是特别理解，现在我觉得我爸说得非常有道理，想做得太多就会导致哪件事都做不好，因为人的能量被分散了，任何一种努力都收效甚微。**你不可能做到你想到的每一件事，只有删繁就简，摄心一处，在自己最热爱的事情上投放精力，人生才有可能变得不同。**

1993年，美国导演斯皮尔伯格邀请演员刘易斯出演传记影片《林肯》中的主角林肯。刘易斯非常喜欢这个角色，但他觉得自己才37岁，演56岁的林肯不合适，于是婉拒了斯皮尔伯格的邀请。因为没有物色到合适的演员，《林肯》的拍摄一度搁浅，这一放就是17年。2010年，斯皮尔伯格再次邀请刘易斯出演林肯，这次刘易斯答应了，不过，他要求用一年的时间来揣摩角色。

斯皮尔伯格认为以刘易斯的演技、年龄和气质，直接拍摄应该没有问题。但是刘易斯坚持自己的想法，斯皮尔伯格只好答应了他的要求。

这一年里，刘易斯读了一百多本关于林肯的书籍，对林肯进行了全面深度的研究。他请顶级造型师把自己变成“林肯”，还开始以“林肯”的身份生活。他让人们改口称他为“总统先生”，他模仿林肯说话的声音，模仿林肯的姿势、动作和神态，他吃林肯喜欢吃的菜，穿林肯喜欢穿的衣服，读林肯喜欢读的书，去林肯喜欢去的场所。不少亲朋好友难以理解刘易斯的做法，认为他走火入魔了。有一次，刘易斯在姨妈家的圣诞晚餐上，仍然用林肯的思维和语调与桌边的黑人小伙说话。刘易斯的表兄忍无可忍，把他“请”出了家门。然而外界的干扰丝毫没影响到刘易斯把自己变成“林肯”的决心，他沉浸在林肯的世界里，距离真实的林肯越来越近。

2011年5月，斯皮尔伯格收到了刘易斯的一个快递，里面有一盒录音带。里面的男高音尖细，略带沙哑，又混合着伊利诺伊、印第安纳和肯塔基口音——与观察家们对林肯声音的描述几乎一模一样。单凭这声音，斯皮尔伯格就知道刘易斯做足了功课。2012 年 11 月 19 日，《林肯》在北美地区公映，刘易斯出神入化的演技让影片在上映后获得了极大的赞誉。刘易斯凭借在影片《林肯》中的精彩表现第三次获封影帝，成为电影史上获得奥斯卡最佳男主角奖次数最多的男演员之一，并因此又一次登上了《时代周刊》的封面。封面上有这样的问题：最优秀男演员如何变成“林肯”？答案只有两个字：热爱。

热爱就是沉下心把一件事做好，这是一种特别强大的力量，能把一个人的潜力发挥到极致。热爱会让生命变得更有质感，并带来超高的效率。真心地热爱一件事，你会发现要做好它比我们想象得要简单得多，收获和成就感也大得多。

只有自己真正地对一件事情保有持久的兴趣，发自内心地愿意投入时间、精力和热情，才能达到 100% 的专注。过去，梨园有句话叫“不疯魔，不成活”，说的就是这种因为热爱而引发的投入。

十五岁的时候我觉得一生太长，现在却渐渐明白人生如白驹过隙，倏忽而已。一般情况下，大多数人的生命长度并没有太大的差别，但是质量却有着天壤之别。高质量地度过短暂而又珍贵的一生，是人们不懈追求的目标。

如果人的一生，没有一件终生热爱的事情，生命的质量真的难说是很高。这样的人生，很难想象该有多匮乏、多无味。

热爱是对生命的一种滋养，有一件热爱的事终生相伴，你可能既能躲过年少迷茫，也能避过中年危机，还能摆脱老年寂寥，一辈子活得充实而有滋有味。

我在一本杂志上看到过一首诗："喂 说什么不幸 / 有什么好叹气的呢 / 阳光和微风 / 从不曾有过偏心 / 每个人 / 都可以平等地做梦 / 我也有过 / 伤心的事情 / 但活着真开心 / 你也别灰心。"

这首诗并非文采飞扬到让我顶礼膜拜的程度，但我对写诗的人却极为欣赏。

写诗人是日本老婆婆柴田丰，她出生于 1911 年，20 岁的时候嫁给一个男人，结婚半年发现对方是个无赖后选择离婚。33 岁时与一个厨师相爱，再次结婚。后来丈夫死了，她独居。

年轻时，她就热爱文学。

92 岁时，她跳舞扭伤了腰，儿子怕她心情不好，就鼓励她写诗。这一写就一发不可收拾，她不停地写，不停地发表在报刊上。2009 年秋天，98 岁高龄的她出版了自己的处女诗集《别灰心》，在诗歌书籍印量只有几百本的日本，当年销量就超过 150 万册，并进入日本 2010 年度畅销书籍前十名。她快乐地写诗，字里行间充满了热爱生活的激情。她的诗歌以爱情、梦想和希望为主题，像阳光一样清澈而温暖。《产经新闻》"朝之诗"专栏编辑在《别灰心》序言中说：“只要看到柴田婆婆的诗，我就仿佛感受到一丝清爽的风吹拂脸庞。”

2011年初，她出版了第二本诗集《百岁》，当记者问她：“你没有意识到自己一百岁了吗？”她笑着说：“写诗时没有在意自己的年龄，看到写好的书，才知道自己已经一百岁了。”

一个人找到一件事让自己终生热爱，活了一百年，快乐了一百年，还有比这更美好的事吗？

珍爱自己，是最幸福的事

很多年前的某一天，我接到一个电话，一个朋友问我在干什么，我说在银行面签，申请贷款，想买房子。

他说："现在买房子不是作死吗？"

我大惊："怎么？"

他以一副"专家"的口吻劝我："现在不要买，不值，相信我，房地产市场早晚有一天会崩盘的。"

我犹豫："可是我现在租的房子太破了，离单位远，还不能安装宽带……"

他说："凑合几年吧，北漂哪有资格享受？房子早晚要降价的，人生要有长线规划。"

被他这样一说，买还是不买，我顿时倍感纠结。犹豫了几天之后，我想通了：我买房子不是为了投资，而是为了提高生活质量，新房子离工作的地方很近，能够缩短一半上下班的路程，节省下来的时间可以做自己喜欢的事；有落地窗，可以在躺椅上享受阳光；可以把父母接来小住，享受天伦之乐；可以收藏一些自己喜欢的东西。几年后房价降了，差价就算为这些好处买单了吧。

于是心一横，我就买了这套房。一眨眼小十年过去了。房价不降反升，当年在三环能买一套房子的钱，如今在五环外付个首付都紧绷。

误打误撞碰对了买房时机，不是因为我会理财，仅仅是简单地想对自己好一点，在能力范围之内，努力让自己活得舒服一点。

我那个朋友至今没买房，生活越来越难以凑合，儿子出生了，父母过来帮忙带孩子，一家人挤在不大的出租屋里，房租随着房价水涨船高，跟我的房贷相差无几。看看，“凑合”的想法真是要不得。

凑合的生活方式后，隐藏着“不珍爱自己”的人生观。在众多的选择中，选一个看起来还不错，也不需要付出太多的选项；或者那些选项都不是自己想要的答案，就随便凑合着选一个算了。

这种逻辑的本质就是敷衍自己，对自己不负责任，说白了就是看扁了自己，不把自己当回事儿。

找对象的时候，明明心里并不满意，可是大家都劝，世界上哪有那么多白马啊，年纪越来越大了，找个实用的驴凑合凑合得了。于是两个人就这样一年一年凑合着过下去了。

工作的时候，明明这份工作既没有太好的前途又没有太高的收入，但是一想“好歹还算稳定”或者“跳槽有风险”。于是就一年一年地混下去了。

安家的时候，虽然小区环境不太好，物业也不给力，但是一想

“换房多麻烦啊”。于是一年一年地住下去了。

凡此种种，皆属于凑合的人生。问题是，今天因为这事凑合几天，明天因为那事再凑合几天，一辈子就在凑合中过去了。人生本来就那么几十年，每一天都要认真地过，哪能总是凑合呢？你真的相信还有下辈子吗？你就忍心这么凑合着过吗？在凑合中，你体会到幸福了吗？

不知道从哪天开始，“穷游”这个词突然流行起来。很多人都热衷于这种旅行方式，很不幸，我也被一个女友忽悠着穷游了一次。

那真是一次疲累不堪的旅行。一路上住最便宜的旅店，20元一晚，没有热水，不能洗澡，晚上几乎被蚊子吃掉，永远甭想找到一个干净的地方如厕。累死也不能打车，必须坐公交或者步行。行程过半，我告饶，实在受不了。我已经没有游山玩水的雅兴，我觉得自己快馊了，就想找个地方洗个澡，喝杯热茶，舒舒服服地睡一觉。

女友不放过我，只好又咬牙坚持了几天，直到某天看到她竟然用洗衣粉刷我们喝水的随行杯，我顿时尖叫：“你会毒死我们的！”她淡定地说：“出门在外，就凑合一下吧。”

因为这个散发着“超能”味道的杯子，我们终于中途分道扬镳了。

我发誓再也不搞这种所谓的“穷游”了。也许每个人对“旅游”

的理解不同，我一直没想明白，这是出去旅游去了，还是体会人生艰辛去了？

有些事情，该讲究就得讲究；有些东西，该换就得换。

扔掉那个用了三年的旧包包吧，虽然它还没有坏，也不要再凑合用了；换掉那个鸡肋般的工作吧，不然到最后连退路都没有了；换掉那个糟糕的房子吧，房子是身体的延伸，没有必要这么委屈自己。

张小娴有一篇短文，名字叫《吃一餐，少一餐》：

“许多年前跟蔡澜吃晚饭，一个晚上，跑了八个地方。在一个地方坐下，食物来了，只要你说一声：‘不大好吃。’他立刻就说：‘不大好吃就不要吃，我们到别处去，倪匡说的，在我们这个年纪，吃一餐就少一餐。’我不是他们那个年纪，一晚跑了八个地方，也深深体会到吃得不好，是不能忍受的。吃一餐就少一餐啊！有一天能吃到天下美味，却已经没牙齿了，后悔也太迟，只能看着别人吃得津津有味。自从知道吃一餐，少一餐之后，我变得非常的嘴尖，不好吃的东西，绝不勉强接受。不喜欢的人，也绝不勉强自己与他同桌吃饭。一个男人感触地说：‘爱，也是做一次少一次。’要到某个年纪，才有这种觉悟吧？所以，要和自己喜欢的人做。”

人生，不仅仅是“吃一餐，少一餐”，哪一件事不是做一次少一次呢？日子过一天少一天，为什么不能为自己喜欢的东西全心付出，乃至全力争取呢？

一个越不懂得珍爱自己的人，越能忍受生活中糟糕的一切，时间长了，标准低了，心气儿也没了。

有太多温暾的人，过着温水煮青蛙的日子，却在用“平平淡淡才是真”来安慰自己。把“凑凑合合”说成“平平淡淡”，实际上是缺乏勇气的表现。不愿改变现状，是怕付出？怕花钱？怕失败？须知你的时间和精力，付出或不付出，都会流逝，早付出，说不定还能够早一些收获成就和幸福。至于靠降低生活质量的标准来省钱，也够令人无语的了。既然能够为了省钱而降低生活质量，为什么就不能赚钱去提高生活质量呢？

HP 历史上第一位女 CEO 卡莉·费奥瑞纳说：“我做任何事情，都要求自己达到第一流的标准。坐飞机我从来都坐头等舱。饭店我也会选最好的。我的公司一定在当地最好的写字楼，这并不是我太乐于享受，我就是觉得那样的地方才与我优秀的心思相配。”

发自内心地珍爱自己的人，才有自信和底气说这样的话，觉得自己值得拥有更好的东西，值得拥有更好的人，值得看更好的风景，因此更愿意努力奋斗，一路追风赶月，过精彩的人生。

对自己好点，别怕别人说你自私，也别怕别人说你虚荣，好好过日子，日子才能越来越好。不要轻易放弃你心底深处想要的东西，永远不要！

用一句我喜欢的话结尾：生活就在那里，记得珍爱自己。

你能跳出自己看自己吗

在金庸先生的著名武侠小说《天龙八部》里，有一个“珍珑棋局”的故事。

逍遥派掌门人无崖子用了整整三年的时间，摆出一个旷世奇局——“珍珑”棋局，邀请天下英雄来破局。该棋局劫中有劫，复杂无比，悬赏三十年，黑白两道的高手一茬一茬地来试，均无人解得。最后，棋局竟然被虚竹和尚以“自杀式”的解法，误打误撞地解开了。

大家都说，金庸写这段珍珑棋局，其实是为了写人生道理。段誉之败，在于爱心太重，不肯弃子；慕容复之败，在于权欲太盛，不肯失势。被这个完全不懂下棋的虚竹搅了局后，一众武林高手才觉醒，原来他们都在局里，而虚竹在局外。

只有在局外的人，才能看清楚最真实的状况。

生活中也是这样，我们之所以陷在一些困境里走不出来，往往是因为深陷在自身的局中。

有个心理咨询师朋友给我讲了一个案例。有个姑娘来找她做咨询，说自己陷在四角恋爱中走不出。她与第一个男朋友交往之初感觉很好，半年之后觉得男友不像一开始那样对她关怀备至了，于是她私下又与另一个男孩交往，过了几个月后，同样的感觉再次浮现，她故伎重演，又找了一个新的男孩交往，她深知这种情况不可能长久维持下去，必须在三个男孩之间做出选择才行。她求心理咨询师给她出出主意，到底选哪个男孩好？

心理咨询师思忖良久，问她："你有没有试过，跳出自己，以局外人的眼光看待这件事，你与三个男友交往之初是什么感觉，后来为什么会移情别恋？"

姑娘回去想了好久，后来打电话给心理咨询师，说她想明白了，三个男孩都有一个共同的特点：他们的性格全都像她爸爸。

姑娘的父母从小离异，她十几年没见过父亲了。儿时与父亲的亲密相处深深地刻在她的记忆里，与每个男友交往之初，他们都对她关怀备至，带给她父亲般的感觉。随着交往的加深，这种感觉渐渐平淡了，已经上瘾的她，只好换了一个同样类型的男朋友，重温这种美好。

所以，她亟须解决的问题，并不是选哪个男孩当男朋友，而是如何在亲密关系中安置自己的恋父情结。

这一切，只有静下心，跳出自己的现状，跳出自己的情绪，以第三者的视角看待自己，才能拨开重重迷雾，发现自身的问题。

想要成为更好的自己，看清什么是真实的自己，是第一关。

千百年来，人类从未停止过对于自我的探索。雅典有一座德尔菲神庙，在它布满岁月痕迹的斑驳石柱上，刻着一句话：人呐，认识你自己。这句话点燃了古希腊光辉的哲学历程。

在东方，儒、释、道三家的精神，都有一个核心思想——明心见性。也就是看清楚自己的心，了解自己的本性。

只有看清了自己，你才能知道你将要干什么，将往何处去。

古语说，人贵有自知之明，可见能做到真正的自知也不容易。大多数人都觉得不可能有人比自己还了解自己，好像自己才最了解自己的心性，其实啊，未必！

欧洲某个城市曾经举行过一次模仿卓别林的比赛，卓别林听说后，偷偷地也去参加。结果，经过评选会的细致评选，比赛结果揭晓，卓别林获得亚军，居于第二。

有人比卓别林自己更像卓别林，这不是天大的笑话吗？但事实的结论却令人信服，模仿者站在局外人的角度，更清楚、更准确地模仿了卓别林最具代表性也最能引起人们共鸣的特点、动作，逼真地再现了卓别林，使之个性更鲜明、更突出、更生动。而卓别林本身便是卓别林，他因为走不出自己对自己的认识局限，并没有突出最个性化的东西，因而失败也就理所当然。

“不识庐山真面目，只缘身在此山中。”一个人如果能做到时

时跳出自己看自己的局限，以他人的眼光重新审视自己，观自己的所作所为，度自己的所思所想，也许你会大吃一惊。

或许，因为跳出自己看自己，你对一直以来抱有的坚定想法，开始感到质疑；或许，你一直以来坚持的一个固执想法，开始有所松动；或许，你一直以来解决不了的一个难题，突然有了方法……

所谓跳出自己看自己的局限，实际上就是打开自己的“心”眼，就像童话《小王子》里说的，生命中真正重要的东西，用眼睛是看不见的，我们只能用心去发现。对自我的认识，需要用内在的、心灵的眼睛去发现，去洞察。

唯真自知方有真自爱。一个人只有真正地了解自己、明白自己、知道自己，才有可能对自己有真正的关爱。如果不了解自己，所谓的自爱，只是虚无，甚至只是表演。

唯真自知方有真自由。一个人只有在了解、看清自己的基础上，才能做出最适当的选择。因为了解自己，你不会去羡慕别人的前程，不会去追随别人的轨迹，你可以承认自己和别人不一样，没有必要跟别人走一样的路。你根据自知来做出选择并承担自己的命运。深刻地自知，清醒地选择，勇敢地担当，无悔地向前，这不是自由是什么？

当你能认清和包容自己，就会对自己的缺点坦然接受，与不完美的自己和解，这个过程，也是心灵成长和成熟的过程。幻觉一旦放下，我们就可以和真实而美好的自己建立一个单纯的关系，并能在这个关系中，体会到真正的喜悦和安宁，从而变成更好的自己。

台湾作家林清玄说：“小丑由于认识自我，不畏人笑，故能悲喜自在；成功者由于回归自我，可以不怕受伤，反败为胜；禅师由于反观自我如空明之镜，可以不染烟尘，直观世界。认识、回归、反观自我都是通向自己做主人的方法。”自己做主人，乃人生大自在的境界。

跳出来，试着看清自己，看清自己真正想成为什么样的人，想走什么样的路，然后竭尽全力地把这条路走好，成为自己，实现自己！

爱上阅读，你会成为更好的自己

我刚来北京的时候住在香山附近，距离海淀图书城不算太远，去买学习资料的时候，总会顺手买几本别的书。

那时候，北京经常刮大风，但是没有雾霾，有时也会像林语堂在《大城北京》里写的那样——“天蓝得让人无法置信”。记得是秋天，我穿着一条又长又厚的深蓝色裙子，买了一摞书，也不坐车，就抱在胸前，慢慢往回走。到了颐和园那里有一条路，两边都是树，行人很少，路面铺满了枯干落叶，踩上去声音脆爽脆爽的。那时候是真穷，但精神世界也是真充实，虽然兜里镚子儿没有，心里却觉得特别踏实。

截止到目前，一生中最好的日子，我觉得还是在上大学的时候。中文系的学生一次可以从学校图书馆借七本书，所以我吃完晚饭，大部分的时间都是躲到床上去，拉上床帘，打开台灯，开始一晚上的阅读。书都在床边的桌上放着，看完一本，把手伸出去随意再换一本。

案头有好书，心头无闲事，真是个人生好时节啊！

对于我来说，书就像朋友一样，在人生的每个阶段默默相伴，如果无书可读，日子该有多难熬。

杨绛先生说："喜欢读书，就等于把生活中寂寞的辰光换成巨大享受的时刻，读书是为了遇见更好的自己。"

杨绛先生的朋友说，杨绛先生一生只喜欢两种书，一种是钱钟书，一种是读书。她从年幼就坚持阅读，一生爱书如命，关于阅读，她说的每句话都堪称金句：

"书虽然不能帮你解决所有问题，却能给你一个更好的视角。

"读书影响潜在，它会在不知不觉中影响你的思考、逻辑、谈吐、与人共事等各个方面。

"读书多了，内心才不会决堤，是指人的情商积累和阅读有关。

"读书到了最后，是为了让我们更宽容地去理解这个世界有多复杂。"

有人说，若要了解一个女人，从她读的书入手，是断然错不了的。在这个意义上，一个女人的书架，也仿佛代表着她的精神隐私。《围城》里方鸿渐到张小姐家去相亲，因为好奇而想看看张小姐看的是什么书，发现竟然是《如何抓住他的心》一类，不由得一笑。

也有一个朋友告诉我，曾经去拜访一位前辈，在她书房的沙发上坐下，越来越忍不住挺直身体，正襟危坐，因为她书桌上放着的几本书，都非常严肃、高雅，而且很旧了，有的还有折痕，一看就读了很多遍，令人肃然起敬。

你会觉得，认真读书的女人，精神世界一定是充实的，甚至是恢宏的。

这几年，随着电子阅读的兴起，我们读书可能会陷入一种误区，认为书中不仅有黄金屋、颜如玉，还有武功秘籍、葵花宝典。总有些“大咖”倡导泛读、速读，教授什么高效读书法，仿佛要给每个人送一个哆啦 A 梦的记忆面包，吃了就能把一个大英图书馆都记在脑袋里。媒体动辄就给我们列清单：“你不得不读的 100 本书”“改变你一生的 50 本书”，不仅可以潜能爆发三天过雅思五天 GRE，还能好运爆棚气场全开，升职加薪当上总经理，出任 CEO 迎娶白富美，从此走上人生巅峰……

作为一个当过图书编辑的人，我深知现在有很多所谓的书其实就是纸质垃圾。读书，要读好书，精读书，慢慢来，不着急。把与每一本书的相遇，都当作一场美好的邂逅。如果仅仅是抱着功利的目的，希望在书中找到成功发财的速成方法，那就别费劲儿了，这样读书还不如不读。

还是杨绛先生说过的那句话：“读书不是为了拿文凭或者发财，而是成为一个有温度、懂情趣、会思考的人。”

我的同事苏苏每个月都要去一两次图书馆，按时借按时还，已经持续了三年。按说在互联网时代，网络海纳百川，手机里应有尽有，安坐家中高床软枕也可阅尽天下，去图书馆似乎显得过时又麻烦。可是，“书非借不能读也”倒也不是一句空谈，对于书，“来日方长”可不是一句好话，毕竟书的价值是体现在读而非买的过程中。去图书馆的人或许有点落伍，但在喧闹的都市丛林中觅一处灵魂净土，躲到那里自成风景，也是一种心灵的回归。

苏苏说，以前上学的时候买书买得很厉害，但工作后，手头的钱宽裕了，反而在选书方面冷静了许多，“书越来越多，但好书却越来越少了”。

读书真的就是宁吃鲜桃一口，不要烂杏一筐。精心地选择一本书，拿出你生命的一部分时间好好阅读，它会给你超值的回报。

林清玄说：“三流的化妆是脸上的化妆，二流的化妆是精神的化妆，一流的化妆是生命的化妆。”

我觉得阅读便是一种生命的化妆，能改变女人的心理状态和精神状态。

作家严歌苓在《读书与美丽》一文中写：

“在易卜生的《彼尔金特》中，有个叫索尔薇格的少女。彼尔金特在恋想她时，总是想到她手持一本用手绢包着的《圣经》的形象。在昆德拉的《不能承受的生命之轻》里，特蕾莎留给托马斯的印象，是她手里拿着一本《安娜·卡列尼娜》。这两位女性之所以在男主人公彼尔金特和托马斯心里获得了特殊的位置，是她们的书所赋予她们的一层象征意义。我的理解便是读书使她们产生了一种情调，这情调是独立于她们物质形象之外而存在的美丽。易卜生和昆德拉都没有用笔墨来描写这两位女性的容貌，但从他们赋予她们的特定动作——持书来看，我们能清楚地看到她们美丽的气韵，那是抽象的、象征化了的，因而是超越了具体形态的美丽，是不会被衣着化妆强化或弱化，不会被衰老所剥夺的美丽。”

严歌苓坚信：**“或许美化灵魂有不少途径，但我想，阅读是其中易走的、不昂贵的、不须求助他人的捷径。”**

三毛也曾说，读书多了，容颜自然改变。许多时候，自己可能以为许多看过的书籍都成了过眼云烟，不复记忆。其实它们仍是潜在的，在气质里，在谈吐上，在胸襟上，当然也可能显露在生活和文字里。

也许读书并不是唯一的成长方式，但绝对是成长的一条捷径。每遇到一本好书，就会有一个更好的自己在向自己招手。

我相信，无论在哪个时代，读书都是一种最美的精神体验。

女人如果要想变得让人感觉耐读，就必须得带点儿书香。

有一种美好，叫“温柔的坚持”

深夜，我在朋友圈里看见一张照片，一时唏嘘感慨，嗟乎噫哉！

照片上的女子穿着很好看的孕妇装，是个即将迎来二宝的辣妈，英俊的老公玉树临风地陪在她身边，脚边坐着乖乖的大儿子，一家三口的颜值加起来都能高过珠穆朗玛峰。她叫小 Sa，是我的闺密兼老同事。

多年前，我还是个职场新人，在一家图书公司上班。有一天，一个姑娘来公司面试，走的时候被保安拦下，又折返回来找我开出门条。后来，我问她，一屋子人，你干吗非找我开出门条啊？她说：“别人都长得挺像编辑，只有你长得像个前台。”我说：“去你大爷的。”

第二天，这姑娘来上班了，坐我背后。我俩比着拗气场，都想把对方的气势压下去。后来就慢慢混熟了，而且一混就混了好几年。

好多人都奇怪性格反差极大的我和她，为什么会是闺密。那几年，她的不着调是出了名的。我记得有一次开会，主编让大家说说自己的“愿景”（呵呵），我清楚地记得当时她说的愿景是死后埋在非洲什么什么河旁边的一棵什么什么树下。

有一次，我跟她一起去上一堂时间管理的课，回来的时候她要打车，我反对，因为打车太贵了，不如坐地铁。两个人就在马路边上争执起来，我埋怨她一点儿苦都吃不得，她淡淡地说：“我为什么要吃这种苦，吃这种苦有什么意义？来上课学的就是时间管理，提升效率，你还让我在晚高峰的时候挤地铁，倒来倒去，在路上耗两个小时？我宁可吃早起背单词、熬夜加班的苦，也不吃这种在地铁里把自己挤成照片的苦。”

后来我看到过一句话，“人生苦难重重，我只想去吃我自己选择的苦”。说这话的是一位十六岁的少年。他绝对是一个智者。就算人生苦短，一定要吃很多苦，这个苦也最好是你自己选的。这句话让我瞬间想起小 Sa，想起我俩在路边争论的那个黄昏，现在我承认，她是对的。

当时很多朋友对我跟她交往都颇有微词。在别人看来，她好高骛远，孤芳自赏，贪图享受又不切实际，一辈子都难有出头之日。我说她是一个很有理想也很有情怀的人，而且才华横溢，大家听完都快笑抽了。

确实，她与这个社会崇尚的勇猛精进的主流励志形象毫不沾边。她贪吃，臭美，兜里没几个子儿还矫情，受不了一点儿物质上的凑合，为人高冷，什么情商啊，人脉啊，八面玲珑啊，在她看来都是胡扯。这样的人，是不是一辈子都与成功无缘？

之后的几年，她被外派到上海，最后在南京遇到真命天子，就此安定下来。

不知道从什么时候开始，她的生活渐入佳境。一路高歌猛进，生了儿子，买了房子，做了高管，还整天携子挈夫，到处游玩，朋友圈里晒的都是幸福。

有一次，她突然对我说，她攒私房钱了，今年的目标是100万。

我吓了一跳。

那个兜里镚子儿没有、吊儿郎当的妞儿，现在变成一年可以攒100万私房钱的小富婆了？

再后来，她自己创办公司，当了老板。但她看起来没什么不同，整天还是一副“大姨妈来了”的死样子。

在我看来，小Sa有一种能力，就是温柔地坚持。她想做一件事情，从不夸大遇到的阻力，也不在意别人的眼光，更不受他人的左右。你似乎都看不出她的努力，实际上她对一个目标的坚持和付出，比一般人要长得多、多得多，她对生活温柔以待，把日子过得举重若轻。

她从不亏待自己。交朋友，一定得是谈得来的；找男人，一定得是帅的；穿衣服，一定得是漂亮的；吃东西，一定得是美味的；工作，一定得做自己喜欢的。

她笃信吸引力法则，坚信想要的一切都是吸来的，而不是求来的。好好地做自己，一切就会慢慢变好，切莫到最后，功成名就，但一肚子满满的都是委屈。

这样的人，**明白自己是什么样的，不靠别人的评判来证明自己，也不在乎别人的眼光，所以能够不受干扰，按自己的节奏成长。**

所以，如果她死后真的埋在非洲什么什么树下，我也不会觉得奇怪。

《奇葩说》第四季最后一期的辩题是：“我们最后都会变成自己讨厌的人”真的是一件坏事吗？

播出之后，有人更狠地补刀：“变成了自己讨厌的人，却还是没有活好。”

这句神补刀，说出多少人的无奈和不甘？

真的，有太多的人感叹生活艰难，压力山大，改变不了环境，只能被环境改变。

小 Sa 是我的朋友里为数不多的，坚持做自己，终究没有被自己讨厌，又活得很好的人。

有句挺俗的话叫不忘初心，小 Sa 的初心就是：老娘就这样！以前这样！以后这样！永远都这样！

每个人都拥有想做自己的强烈渴望，一个人幸福和快乐的根源，就在于他能不能做自己，能不能坚持做自己。

每个人在成长过程中，都会受到来自家庭、学校、社会的一些标准的制约，都要接受他人的目光和评价。这些标准和评价有时与我们内心真正的希望相悖，但是迫于压力，很多人渐渐地成了“盗版”

的自己，开始远离幸福，内心深处无比拧巴，时时较劲，生活似乎成了一场心有不甘却又格外卖力的表演。

很多人活得足够努力和认真，但是他们就是不开心。做自己生活的主人，不仅仅需要努力和勤奋，更加需要勇气、需要自信、需要坚持。

起码，你得做到不以别人的言行为方向标。别人希望你做什么，别人说你什么，都是上下嘴皮一碰那么容易，但做起来，其中的辛劳、责任等都是需要你自己实实在在地承担的，甚至要你付出毕生的时间和精力，这样一想，其中的得失是不是值得好好掂量掂量？

民国四大才女之一的吕碧城，有一句很有名的诗“我到人间只此回”。这女子是个传奇人物，一生涉足政界，角逐商海，游历欧美，“手散万金而不措意，笔扫千人而不自矜”，将人生的每一步都走得风生水起。人应该怎么活？一百年前的她，早已用自身的故事，为我们留下了一份完美的答案。

可能不是每个人都能成就卓然，也不是每个人都喜欢恣意张扬，有的人就喜欢平淡恬然地活着。不管选择哪种生活方式，人总要问问自己：什么是我最渴望的生活？什么是别人对我的要求？什么是外界给我贴的标签？

看清楚内心对自己的期待，接受自己、悦纳自己，就能从纠葛的烦恼中豁然开朗，好像太阳从浓密的云层探出头来一般，找到自我，摆脱别人的意志来生活。

瑞士心理学大师荣格说过：“如果我们自己也不活自己的生命，

又该是谁去活呢？用自己的生命交换陌生的不单是愚蠢，而且是一场虚伪的游戏，因为你永远不能真正活出别的生命，你只能伪装自己交换其他的生命。”

所谓的活出自己，不仅是外在形式的选择，更是与内在的自己真实靠近、全然认识与接纳。当这种与自己的幸福关系建立时，别人说什么都是浮云。当我们能够开始欣赏那个独一无二的自己，重新拥有“正版”的自我时，幸福就会在我们内心深处开枝散叶，开花结果。

希望我们都能做一个温柔的有主见的人。用女性自己的方式，温柔地坚持做自己。如果有梦想，也请温柔地坚持，用自己的初心去定义属于你自己的人生。

你不必完美，只要自己喜欢就好了

有一次，陪闺密带女儿上游泳课。下了课，孩子洗完澡，闺密给她穿裤子，孩子要站在换衣间的长凳上穿，闺密非要她坐下穿。

孩子说了一句："萌萌就是站着穿裤子的。"

闺密立刻火了，教训孩子："你自己试试，站着穿方便还是坐着穿方便，萌萌怎么穿跟你有什么关系？"

孩子不甘示弱："萌萌是我最好的朋友，不跟她一样她会不喜欢我的。"

闺密更火大了："只要你自己喜欢就好了，裤子穿在你身上，管人家干吗？你记住，总有人喜欢你有人不喜欢你，首先你得喜欢自己，为了讨别人喜欢委屈自己，就是个傻丫头！"

孩子眨巴眨巴眼睛没说话，五岁的孩子估计也是听得似懂非懂。

我觉得闺密真的很多余，站着穿裤子还是坐着穿裤子，也不是什么原则问题，有必要讲这么多大道理吗？

闺密说：“你不知道，这个孩子有点完美主义，太在乎自己在别人心里的形象，太在意别人怎么看自己，没有自己的主见，总是去模仿和迎合别人，这样下去，长大了会活得非常累！”

我明白闺密的火气从何而来了，因为她自己曾经就是这样的人，为此颇吃过一些苦头，都是人生的血泪教训啊！

清代笔记《吴郡岁华纪丽》中有一首民谣：“做天难做四月天，蚕要温和麦要寒；秧要日暄麻要雨，采桑村姑盼晴干。”

做天难，做人也难。恐怕从老天爷到人间的平头百姓，都难免有这样一叹吧！

还有人说，做人难，做女人更难。女人一生肩负着多种角色：人家的女儿、人家的妈、人家的儿媳妇、人家的妻、人家的下属、人家的上司……有些事情，无论怎么用心处理，无论多么八面玲珑，也难以做到人人都满意，人人都痛快。所谓众口难调，不就是这个道理吗？

每个人都有每个人的需求，每个人都有每个人看问题的视角，再怎么八面玲珑的人，也不可能在人际交往中取悦所有人，令每个人都满意。反而，越是在意别人的观感，越会对自己没有信心；越在意别人怎么想，越容易使自己的缺点变成沉重负担。每天面对着十目所视、十手所指的压力，总觉得别人时时刻刻都在注意自己的缺点或疏忽。

人在社会交往中，不由自主地会想要了解别人怎么想，这也是交流情谊的基本心理过程，不关心对方怎么想，不学会换位思考，人就会变得刚愎自用，少一点知人之明。但如果你太介意别人的想法，就会使得一个人变得退缩，失去积极主动的活力，失去伸展自我的机会。更严重的是，过分在意别人的评价，往往会在别人的逢迎夸奖中做出错误的决定，也会在别人的口诛笔伐中溃不成军。

所以，很多时候，做人比做事更重要！做人要有明确的原则，只有原则搞清楚了，与人交往沟通起来才会更有方向感，才会更清楚自己到底应该怎样去做！没人能拥有完美无缺的形象，在人际关系中追求完美主义，容易被人利用。特别是女性，一定要保持自己的原则和主见，不要企图迎合每一个人，就像我闺密说的，那是做不到的，还会使自己活得很累。

有一本很畅销的书就叫《你不必完美》，作者在书里讲了一个故事：

“一个被劈去了一小片的圆想要找回一个完整的自己，到处寻找自己的碎片。由于它是不完整的，滚动得非常慢，从而领略了沿途美丽的鲜花，它和虫子们聊天，它充分地感受到阳光的温暖。它找到许多不同的碎片，但它们都不是它原来的那一块，于是它坚持着找寻……直到有一天，它实现了自己的心愿。然而，作为一个完美无缺的圆，它滚动得太快了，错过了花开的时节，忽略了虫子。当它意识到这一切时，它毅然舍弃了历尽千辛万苦才找到的碎片。”

很多人错把别人眼中的完美当成自己的目标，却在追求这个目标的过程中，不知不觉地丢失了很多东西：亲情、友情、真诚、真实和自己的幸福感。

在 2017 年全球女性领导者峰会上，我听到过一场让自己很受触动的演讲。演讲人叫余进，是埃森哲战略大中华区总裁，加州理工学院经济学博士，前麦肯锡全球董事合伙人。一个人能拥有这样一串令人眩目的头衔，我以为她肯定要分享自己的成功经验，没想到她的演讲题目是《原来我是只井底之蛙》。

她说，读书，她读到了世界顶级学府的最高学位；工作，也做到了世界上顶级类型公司的金字塔顶端。但是常年快节奏的工作，让她失去了和家人交谈的能力，她觉得自己是家里最完美的人，其他人都有缺点，比如她的母亲，明明是个高级知识分子，却总是相信一些网上传播的小道消息，似乎对什么事都没有独立判断。总之大家都不完美，只有她自己是卓越的。所以每次母亲在饭桌上想要开启一个话题的时候，常常被她一竿子打死。后来她慢慢发现，每次跟她一起吃饭，家人都很紧张。

讲到这部分的时候，她站在台上忍不住哽咽。

当她有一天终于幡然醒悟，放弃了一个完美主义者对完美的执拗追求后，在生活中，她看到了很多过去看不到的美好。她从最早努力成为别人眼里能够接受的女性，到慢慢地学会了追求自我，通过这样的努力，她发现自己反而能够承载更多的人和事，更接近了自己想成为的那种人。

看，追求完美并没有让一个人更幸福，而允许自己不完美，反而让生活变得更如意。

我喜欢的复旦名师陈果曾经说过一句话，大意是如果你是一只柠檬，就让自己尽量地酸，如果你是一只苹果，就让自己尽量地甜，做好自己，才是每个人的人生使命。

别人喜不喜欢你是他的事，你自己喜欢自己就好了。

事情就是这样，即使你活成一只榴梿，有人对你深恶痛绝，肯定也有人对你爱之如命。

如果你非要又酸又甜，兼顾大家的口味，只能活成一个很累很累的“四不像”，酸也酸不到极致，甜也甜不到极致，越是追求完美，越是与完美背道而驰。

有一种女人，单身或结婚都会幸福

某一天我在网上闲逛，看到一则新闻，有一个国家的官媒指名批评邻国的一位女性官员，说人家“完全没嫁过人，没生过孩子”，所以“根本不知道也不可能理解那些幸福的人的高尚世界……但大家都没有对这个古怪的老处女抱有期待”。

下面的评论也是五花八门的，有人说“这也太无聊了”，也有人说“一个正常的女人如果一生都没有结婚生子，的确是不完整的人生，也会对人的心理产生不好的影响，让这样一个女人参与到国家的治理中恐怕会产生负面的作用”。

为什么有人会认为一个女人没结婚生子就不幸福、不高尚，甚至不正常，乃至因此质疑她的工作能力？有很多国家的高级领导人甚至元首都是单身，但由于他们是男人，似乎没有人说“一个鳏夫治理一个国家恐怕会产生负面影响”。

有一部电视剧叫《武媚娘传奇》，我也看了几集，有一集武则天抱着生病的皇帝老公表白说："若是我只甘心做一个以色侍人的宠妃，或者是太子的母亲，我跟陛下之间，也许，终有色衰情尽的那一日，说不定哪一天就会被年轻貌美的女子取代在陛下心中的位置……所以，我不仅要做你的皇后、你的知己，还要为你出谋划策，跟你并肩作战，要成为你手中，那把最锋利的剑，让你这一辈子都舍不得放下我。"

武则天参政的目的是为了永远都不失宠，永远在老公心中有价值，这不是胡说八道吗？完全是男权社会中男性价值观的意淫。

可怕就可怕在，不仅仅是男人把女人的价值附加在他们身上，很多女人自己也这样认为。

比如钟镇涛的前妻章小蕙，一把年纪了，还在对媒体说："我现在有六名追求者！"好像只要还有追求者，一个单身女人就依然拥有价值！这就是五千年来男权社会对女性价值的定义，而一旦一个单身女人不再被男人选择了，不再成为男人的追求对象，那她的人生就太悲摧了，称她们为"剩女"还不过瘾，还要根据年龄划分出什么"剩斗士""必剩客""斗战剩佛""齐天大剩"……口口声声不离一个"剩"字，就像是市场里被挑剩下的，没人要的尾货。

再优秀、再成功的女人，一旦没有结婚，在大家眼里，她的魅力、能力和价值都要打折扣。哪怕她真的很快乐，别人也会觉得她是装的，否则也太没心没肺了，如果她恰巧又很自信，那简直就是女神经了。我就听到过一个女人用手指敲着桌子对我评价另一个女人："我就不明白了，一个连婚都没有结的女人，她的自信从何而来？”

以前看过一部电视剧，一个发迹了的老男人不爱自己的发妻了，与小三一起设了一个圈套骗妻子离婚。发现真相的妻子发了疯，各种挽回旧爱的招式都用过，依然无果之后，只好接受了离婚的结局，但是她要求办一个离婚仪式。在这个仪式上，她请来了所有的亲朋好友，她坐在台上，轻声细语地细数了二十年婚姻中所有的感人瞬间，比如最穷的时候两人合吃一碗馄饨，他骨折她背着他上医院，她熬夜加班挣钱支持他创业……最后说到他们越来越有钱，但是没有了这个男人，她住在大房子里，守着那么多存款，又有什么意义呢？她说自己半生都在为家庭付出，如今家散了，她的余生还有什么价值呢？简直可以去死了。说得台上台下一片泪水涟涟，最后男人良心发现，在众人的掌声中双方拥抱复合。

这一段气得我胃疼。按理说，这样一个渣男，还不赶紧揣着离婚证书给老娘滚！离婚仪式上这一大段感人的说辞，其实就是包装得特别精美的男权思想。这个编剧肯定是个重度直男癌患者。说来说去，还是要女人在男人的需要中体现存在感，体现价值感。当这个男人不再需要她了，她甚至连活着都没有意义了。她的年纪大了，皮肤松弛了，胸部下垂了，她连重打锣鼓重开张，再为另一个男人付出的资格都没有了，所以她明知道眼前这个人的心回不来了，也要苦苦地维持着一个名义上的婚姻。

女人不是为男人而活，更不是为婚姻而活，而是为自己活，这种话说了多少年，可是如果女人真的不在乎这个男人的价值体系，而是活在自己的价值观里，就要承担被排斥、被视为异类的风险，哪怕你是一代女皇。

不过，还是有很多女性做到了把全部生命的能量都用在自己身上，去创造属于自己的价值。她们享受爱情，但并不一定把婚姻当作爱情的归宿。**比如徐静蕾，在记者问她为何不结婚的时候，她说："我不觉得人应该要结婚。过去讲婚姻是保障，我不需要保障——从情感上讲我不需要保障，经济上更不需要谁保障我。我不需要别人给我安全感，我挺有安全感的，那我为什么要结婚？有什么理由结婚？难道为了证明特别相爱就结个婚？但我生活挺圆满的。谁规定人生角色一定要有婚姻才圆满？"**

在这段话里，结不结婚不是重点，重点是她拥有强大的内心，能够跳出男权的社会规则，建立自己的价值坐标，活得真实而痛快。如果所有的女人都能有这样的内心独白，女人的日子就好过多了。

另一个结了两次婚的女星，也是这样一个内心强大而又自由的女人，就是伊能静。有些女人嘲讽她是"小鲜肉收割机"，她在微博中如此回应："那些以为只有年轻才能被爱的女人，是不是也认为自己老了被遗弃是活该？男人只该娶年轻女人，是父权社会自私的借口，他们挑起女人的斗争，让更自私的女人互相攻击，年纪、身材、出生、生育能力，让女人以为青春是唯一的价值，却不知道不同年龄的女性本就各有各的风景，这些扭曲的价值观，只为了给人借口说喜欢年轻的才叫正常，也成了熟龄女性放弃自己的理由。

为什么女人要接受这种贬抑和屈辱，还嘲讽同性失去青春就失去追求自我的自由。强大的女性应该团结在一起，让多数人知道什么时候我们都能活得很精彩，生命的丰饶更可以跨越时间。真正活出自己的女人，灵魂绝不会被他人绑架，更不怕被任何扭曲的思想遗弃。”

这样的女人，结婚或者不结婚，都是自己所决定的生活方式，而不是为了取悦他人或者迎合主流价值观，所以她们的生活，有一种别样的精彩。毋庸置疑，这样的女人，单身或结婚都会幸福。

对于女性来说，不把自身的价值重点构建在男人和婚姻之上，还有很长的路要走，但已经有很多优秀的女性作为榜样，在指引着我们去抵达灵魂自由的境界。只要涤荡干净将自己作为婚姻或者他人附庸的暗示，就能将实现自身价值作为生命中的首选，活出独一无二的自己。